TERRE DE BRUME

Cet ouvrage a été imprimé sur un papier
issu de forêts gérées durablement,
de sources contrôlées.

Design de la couverture : Noémie Chevalier
Photographies de couverture : © Stillfx / Shutterstock ;
© Ottishiapply / Shutterstock
Carte : Alain Janolle
ISBN : 978-2-09-7002-5923-0

Loi n° 49-956 du 16 juillet 1949 sur les publications
destinées à la jeunesse.

CINDY
VAN WILDER

TERRE DE BRUME

I - LE SANCTUAIRE DES DIEUX

RAGEOT

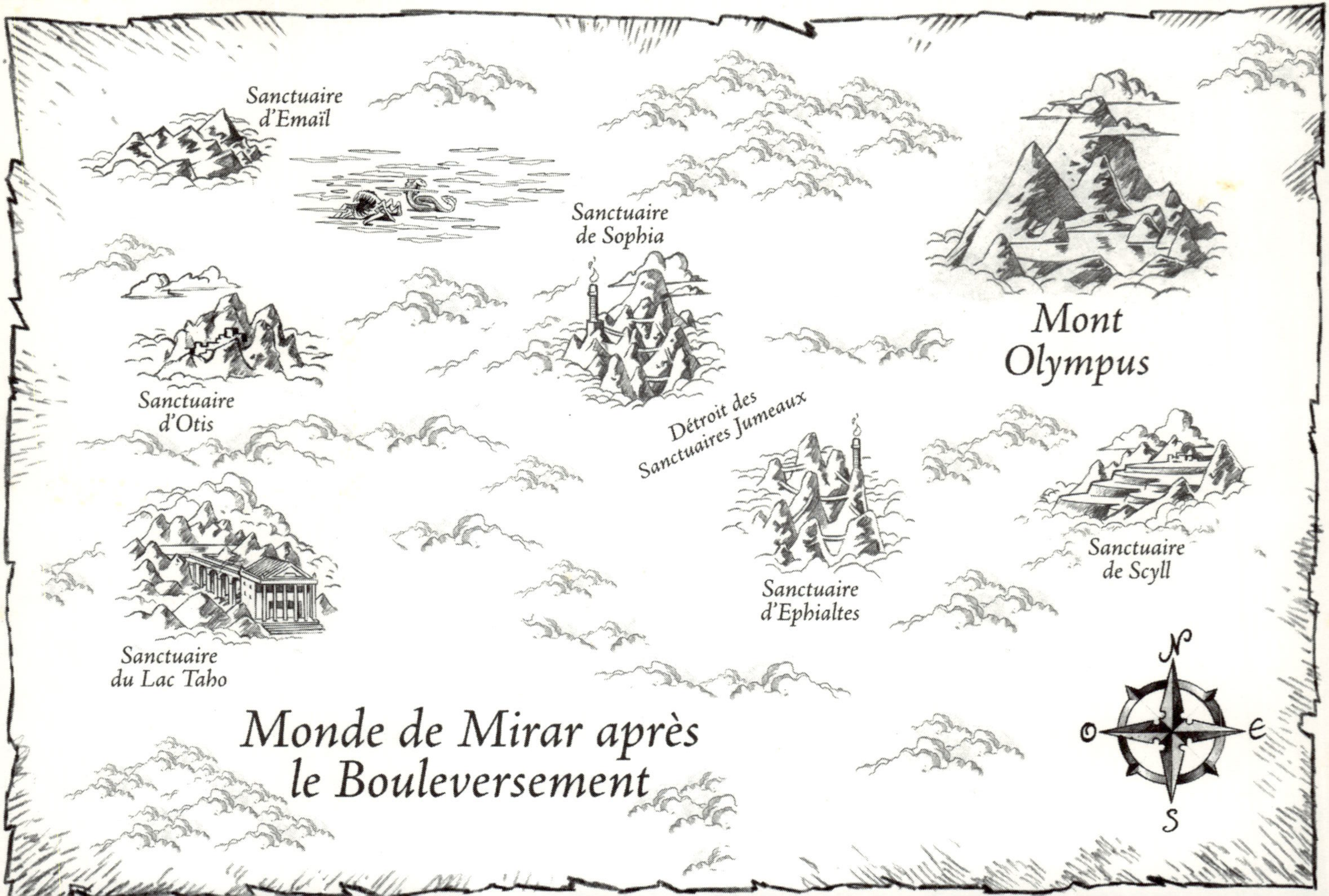
Sanctuaire
d'Emaïl
Sanctuaire
de Sophia
Mont
Olympus
Sanctuaire
d'Otis
Détroit des
Sanctuaires Jumeaux
Sanctuaire
de Scyll
Sanctuaire
d'Ephialtes
Sanctuaire
du Lac Taho
Monde de Mirar après
le Bouleversement
N
O
E
S

Prologue

« J'étais endormi sur mon bateau quand la vague est arrivée, comme venue de nulle part. Une immense déferlante blanche, qui m'a emporté si loin que je n'ai plus jamais retrouvé ma ville. Et quand tout s'est enfin apaisé, le monde tel que je le connaissais avait disparu. »

Témoignage d'un Survivant,
recueilli quelques jours après le Bouleversement.

Le soleil venait de disparaître sous la mer de Brume quand Pylos fut surpris par un « Ouiiiin ! » bruyant sur sa gauche. Le marin se tourna vers le hamac, où il aimait d'ordinaire dormir, et où, pour le moment, la petite fille légèrement emmaillotée criait de toute la force de ses poumons.

Il n'eut pas le temps d'intervenir. Une jeune femme se précipita vers le bébé, le prit dans ses bras en chuchotant des mots apaisants.

L'enfant se calma. Pylos se racla la gorge avant de déclarer :

– Si elle a faim, je dois encore avoir une réserve de lait dans ma cabine...

La jeune femme le remercia d'un sourire avant de s'éloigner vers le modeste réduit que Pylos avait aménagé. Un luxe inédit pour ce type d'embarcations, dont de nombreux autres marins s'étaient moqués à l'époque.

– Et à quoi cela va te servir, hein ? Quand tu y auras remisé tes voiles, il ne te restera plus de place pour y suspendre ton hamac !

Pylos sentit son cœur se serrer à ce souvenir.

Si on lui avait dit un jour qu'il se retrouverait dans un monde sans aucune brise pour faire avancer son bateau, où les voiles ne servaient plus à rien, sinon à se tailler des vêtements... Jamais il ne l'aurait cru. Un monde où le vent avait purement et simplement disparu. Une des nombreuses conséquences du Bouleversement.

Il avisa l'homme qui avait pris place sur l'autre banc de rame – un des serviteurs des prêtres de l'Académie. Taillé en colosse, la peau sombre, il n'avait pas pipé mot depuis que le petit groupe de prêtres et prêtresses de l'Académie avait demandé à Pylos de les emmener au mont Olympus.

Dès que le marin avait accepté la transaction, l'homme s'était installé sur le banc, saisissant les rames.

– Je n'ai pas besoin d'aide, avait protesté Pylos.

Le serviteur l'avait considéré avec pitié, ce qui avait hérissé les poils du marin.

– Tu ne pourras pas t'en tirer tout seul, avait-il répliqué.

Il avait eu raison, se dit Pylos à contrecœur. Dans cet univers étrange, où toutes les lois étaient chamboulées, ils n'avaient pas d'autre choix que de se serrer les coudes.

– Allez, mon vieux, remets-toi au travail ! grommela-t-il pour lui-même, en reprenant les rames. Ce n'est pas à ce rythme qu'on va arriver avant ce soir au mont Olympus…

Son compagnon de labeur lui décocha un sourire en coin, avant de l'accompagner dans ses efforts.

Il y avait encore une sacrée distance à parcourir, et les prêtres avaient payé d'avance le montant du trajet, en pièces d'or. Un butin que l'ancien pêcheur n'aurait jamais eu entre les mains en d'autres circonstances. Une véritable fortune !

Il imagina la réaction de son épouse et de ses enfants s'il leur avait ramené une telle somme.

Leurs yeux arrondis de surprise, leurs cris de joie.

Des visages qui avaient à tout jamais disparu, maintenant.

Les larmes lui montèrent soudain aux yeux. Pylos serra les dents. Rama de plus belle.

Ne pas songer au passé.

Une tâche quasi impossible.

Il jeta un coup d'œil au petit groupe de prêtres et de prêtresses rassemblé à la poupe de l'*Argo*.

Eux aussi avaient tout perdu. Leur maison, l'Académie, leurs amis, leurs ateliers de travail... Tout avait été enseveli sous la Brume.

Pylos n'arrivait toujours pas à y croire. Une partie de lui-même se refusait à accepter la catastrophe. Il se surprenait à relever la tête et à contempler l'horizon en s'attendant à la mer bleue, la côte sablonneuse de Mirar et là-bas, au loin, le dôme doré de l'Académie.

Tout ce qui s'offrait à sa vue, à présent, c'était cet horizon désespérément plat, à l'exception de quelques pics montagneux qui, seuls, avaient échappé à la Brume.

Cette substance évanescente, aux ondulations blanc fantôme, avait recouvert la terre entière une semaine auparavant.

Un éclat de voix le tira de ses pensées.

– Nous devons le trouver au plus tôt ! Il est forcément là-bas...

– Chut !

Pylos s'empressa de baisser la tête et de prétendre qu'il n'avait rien entendu.

Pour la énième fois depuis que le prêtre à la barbe blanche, qui semblait diriger le petit groupe, était venu le trouver, il se demanda pourquoi au juste ses passagers voulaient se rendre dans un lieu aussi isolé. Et qui était ce « il » qu'ils mentionnaient avec tant de colère.

Les prêtres n'avaient pas arrêté de discuter depuis qu'ils étaient montés à bord de l'*Argo* et même s'ils s'efforçaient de baisser la voix, Pylos avait quand même surpris des bribes de conversation.

– Tu es sûr qu'il s'agit de lui ?

– Aucune erreur possible ! Il nous a tous trahis !

Une affirmation qui avait fait frissonner l'ancien pêcheur. Quelqu'un avait trompé les très puissants prêtres-magiciens de l'Académie... Qui avait osé ?

Et si la mission où il se trouvait embarqué désormais s'avérait dangereuse ?

En même temps, songea-t-il tout en ramant, il n'avait plus rien à perdre.

Sa famille, ses amis, sa maison, même les poissons dans la mer si chatoyante... Tout avait disparu.

Il ne restait plus que l'*Argo* et lui-même. Tout seul.

– Vous aviez raison, il vous restait du lait.

La jeune femme était revenue. Autour du cou, elle portait le pendentif des Prêtres de l'Eau, signe de son pouvoir. Elle tenait son bébé dans les bras, qui tétait avidement le contenu d'une gourde.

– Tant mieux pour elle... et pour nous ! s'exclama-t-il.

La jeune femme lui adressa un regard plein de sollicitude.

– Je m'appelle Mégare et voici Héra. Nous n'avons pas eu le temps de faire les présentations avant...

Elle parut gênée soudain, mais Pylos la rassura d'un sourire.

– Aucun souci. J'ai bien compris que vous étiez dans l'urgence...

Un silence suivit, à peine troublé par le glissement fluide des rames dans la Brume qui cernait le navire de toutes parts. Pylos ignorait par quel miracle le bois flottait sur cette mer aux rouleaux fantômes au lieu de sombrer. Peut-être était-ce là une marque de faveur des dieux ?

Peut-être aussi étaient-ce eux qui avaient empêché la Brume de totalement recouvrir ce monde, songea-t-il, en apercevant au loin le sommet d'une montagne.

Il poussa un soupir – voilà toute la terre qu'il restait aux Survivants.

Des pics rocailleux, des bouts de pierre perdus dans un océan blanc.

Pas une seule goutte d'eau à l'horizon.

L'eau... Pylos n'aurait jamais cru qu'un jour il se demanderait où en trouver.

Dans le monde d'avant, elle était partout. Les rivières, les lacs, les sources. Même la mer, quand l'Académie avait finalement inventé un procédé pour enlever le sel et la rendre potable. L'eau ne manquait jamais.

Puis le Bouleversement était venu, s'abattant sur eux, les prenant par surprise. Ce jour-là, Pylos se trouvait sur son bateau, occupé à décharger les filets. Il avait assisté, impuissant, à la vague de Brume qui avait déferlé sur Mirar, gonflant encore et toujours jusqu'à ce qu'elle recouvre tout, n'épargnant que les plus hauts sommets montagneux. Lui-même avait été pris dans ce tourbillon, s'accrochant à son gouvernail, priant les dieux de les épargner, lui et sa famille.

– Voulez-vous que je vous relaie tous les deux ?

Son compagnon de rame ne parut pas surpris outre mesure. Peut-être avait-il l'habitude de ce genre de suggestion. Pas Pylos.

– Pardon ?

Mégare poussa un soupir, prit le temps de coucher la petite Héra, repue, dans le hamac, avant de revenir vers lui.

– Il est évident que votre bateau n'a pas été conçu pour transporter autant de passagers. Vous étiez pêcheur, avant ?

Il hocha la tête.

Vous deux, dit-elle en les englobant d'un regard, commencez à fatiguer et j'aimerais éviter que mes collègues viennent vous réclamer des comptes si nous n'arrivons pas à destination cette nuit. Donc, laissez-moi vous aider.

– Mais… Vous avez payé, ce n'est pas à vous d'effectuer le travail !

Mégare se pencha soudain vers lui, le dévisageant de son regard sombre.

– Je sais. Mais cela n'aura plus aucune importance si nous ne sommes pas au pied du mont Olympus…

Elle s'interrompit brusquement. Le pendentif qu'elle portait au cou se balança au bout de sa longue chaîne et Pylos ne put s'empêcher de le contempler. Il n'avait jamais vu un Vecteur d'aussi près de toute sa vie. Bien entendu, il connaissait le principe – deux capsules de verre l'une sur l'autre, formant un sablier, sauf qu'elles ne contenaient aucun grain de sable. Au contraire, celle du dessus était emplie d'une eau claire, translucide, qui émettait une faible lueur turquoise. L'eau consacrée par les prêtres et source de la magie.

Et, en dessous, une capsule vide destinée à recevoir la Brume.

Il était impossible d'utiliser la magie sans produire de Brume en retour.

Une Brume toxique, que les prêtres prenaient soin de stocker dans un immense réservoir au sein de l'Académie. Une Brume qui avait brutalement échappé à leur contrôle le jour du Bouleversement, si les rumeurs disaient vrai.

– Je compte utiliser la magie, déclara soudain Mégare. Au cas où vous vous poseriez la question.

Pylos sentit ses joues chauffer et détourna la tête.

– Très bien, se hâta-t-il de répondre. Je vous cède la place.

Son compagnon en fit autant, s'éloignant vers le petit groupe des prêtres.

Mégare s'installa. Elle ferma les yeux, se concentrant sur quelque chose que Pylos ne pouvait pas percevoir.

Soudain, le pont de bois vibra sous ses pieds.

L'*Argo* bondit en avant.

Pylos écarquilla les yeux. Sa modeste embarcation n'avait jamais atteint une aussi grande vitesse.

– Mégare !

Le prêtre imposant à la longue barbe blanche, qui avait abordé en premier Pylos, se précipita vers la jeune femme, foudroyant le marin du regard au passage.

– Que fais-tu exactement ? Gaspiller ta magie de la sorte ! Nous aurons besoin de toutes nos forces quand nous devrons…

– Je sais, Alcide, répliqua Mégare, dont le visage était désormais tendu par l'effort. Mais nous ne parviendrons jamais à temps si je ne prends pas le relais. Et nous ne pouvons pas courir le risque que Dédale s'enfuie, si ?

– Laisse au moins Xylès t'aider, répliqua-t-il en désignant le serviteur à la peau sombre.

– Xylès est debout depuis au moins vingt-quatre sabliers, rétorqua Mégare, ses yeux lançant soudain des éclairs.

Alcide se tourna vers Pylos, furieux.

– Vous ne pouviez pas ramer plus vite ? À quoi bon vous payer alors, vous et votre rafiot !

Pylos se recroquevilla d'instinct face à la colère du prêtre-magicien. Cependant, avant qu'il ne puisse réagir, Mégare s'exclama :

– Il suffit ! C'est moi qui me suis portée volontaire.

Comme si elle avait senti l'agitation de sa mère, la petite Héra choisit ce moment pour se réveiller. Les pleurs du bébé rompirent le silence tendu. Mégare, sans cesser de ramer et de déployer sa magie, interpella Pylos :

– Vous voulez bien vous occuper d'elle ?

Il hocha la tête, heureux d'échapper à la colère d'Alcide. Ce dernier tourna les talons, non sans lâcher :

– Tu commets une erreur, Mégare.

La nuit était tombée depuis plusieurs sabliers quand Pylos amarra enfin l'*Argo*. Il pouvait sentir les prêtres vibrer d'impatience derrière lui. Tant bien que mal, il noua l'épaisse corde autour d'un roc affleurant à la surface, prenant soin de ne pas toucher la Brume. Avait-il des hallucinations ou la masse blanche autour de lui était-elle agitée de courants et de vagues, comme l'océan d'avant ? Pylos aurait pu le jurer.

– Formez les rangs, ordonna soudain Alcide.

Les autres prêtres et prêtresses obéirent.

Pylos se hâta de libérer le chemin, impressionné par leurs mines déterminées et par leurs regards que la faible lueur des Vecteurs rendait plus intenses.

– Xylès, viens avec moi !

Le serviteur s'empressa de rejoindre son maître. Son visage ne trahissait aucune appréhension, même lorsque Alcide abattit sa main sur son épaule.

– Nous aurons besoin de ta force. Tu vas nous accompagner.

– Ne va-t-il pas nous ralentir ? demanda une prêtresse, les sourcils froncés. S'il doit grimper cette montagne tout seul, sans aucune aide…

– Je le hisserai, répliqua Alcide. Ne perdons pas plus de temps !

Il se tourna vers Pylos.

– Attendez-nous ici. Nous n'en aurons pas pour longtemps, ajouta le prêtre avant de monter sur la lisse du bateau et de sauter avec une aisance surnaturelle sur le premier rocher qui s'offrait à lui.

Comme il l'avait annoncé, il soutenait Xylès dans son ascension et Pylos demeura bouche bée devant cet exploit. La magie de l'eau lui sembla plus extraordinaire que jamais et il se prit à rêver qu'elle puisse annuler les effets du Bouleversement à elle seule.

– Il l'a emmené…

La réflexion le fit sursauter.

Mégare lui adressa un pâle sourire. Son regard revint ensuite, angoissé, sur ses compagnons de voyage. À en juger par sa mine crispée, elle payait ses efforts d'il y a quelques sabliers. D'ailleurs, l'eau contenue dans son Vecteur avait baissé de moitié, formant en retour une bulle de Brume contenue dans la seconde capsule.

– Merci, Pylos. Sans vous, nous n'y serions pas parvenus.

Il ne trouva pas de mot à lui répondre, surpris par la réaction de la jeune femme, surtout en comparaison du silence de ses collègues.

– Puis-je vous demander encore une chose ? Je ne peux pas emmener Héra avec moi... souffla-t-elle, l'angoisse pointant dans son regard sombre. Je n'avais pas d'autre choix jusqu'ici, vous comprenez.

– Je veillerai sur elle, promit-il spontanément.

– Merci.

Et le sourire qu'elle lui adressa à ce moment lui parut une des plus belles choses qu'il lui ait été donné de voir.

Pylos attendit donc.

De sa position, il ne pouvait rien discerner, hormis le flanc de la montagne et l'étendue de Brume tout autour, qui semblait sans fin. La lune ne se leva pas et seule une torche offrit un peu de lumière à l'ancien pêcheur. Il se tint assis sur un vieux tabouret, surveillant Héra qui dormait paisiblement. Rien d'autre à faire à part attendre. Et se demander ce qu'Alcide, Mégare et les autres étaient venus accomplir ici, en ce lieu reculé.

Le mont Olympus, réputé comme la demeure des dieux. Un lieu que personne, hormis les prêtres de l'Académie, ne pouvait approcher. Qui s'était donc réfugié ici ? Contre qui les prêtres étaient-ils partis en guerre ? Il soupira. Au lieu de se mêler des affaires des autres, il ferait mieux de songer à son propre avenir !

Un cri retentit soudain.

Un cri lointain certes, mais dont l'écho lui glaça le sang.

Pylos releva la tête, tous ses sens aux aguets. Il posa la main sur sa bouche quand il aperçut le sommet de la montagne subitement couronné d'éclairs.

Des éclairs qui n'avaient rien de naturel.

La magie était à l'œuvre. Elle se déchaînait même, jetant des éclats bleus, verts et gris sur la pierre immobile.

Que se passait-il donc là-bas ?

Il pensa à Mégare, et son cœur se serra. Quel ennemi était-elle en train d'affronter ? Il contempla Héra, qui dormait toujours. Si l'enfant n'avait pas été là, il se serait peut-être risqué à quitter son bateau… Mais lui ne disposait aucunement de Vecteur et encore moins de magie.

Aucun prêtre ne l'aiderait à gravir la pente escarpée.

« Imbécile, se dit-il, comment pourrais-tu bien l'aider ? » C'était impossible !

Il attendit donc, se sentant complètement impuissant et redoutant le pire. Il tendit l'oreille, mais ne perçut plus aucun son.

À l'est, éclairant l'épaisse couche de Brume par-dessous, le soleil se levait.

Pylos hésita. Que devait-il faire ? Rester ici et courir le risque d'être attaqué à son tour ? S'en aller ? Et que devait-il faire de l'enfant dans ce cas ?

Un caillou dégringolant la pente de la montagne attira soudain son attention. Il plissa les yeux, essayant de comprendre, en dépit de la pénombre, ce qu'il s'y passait.

Là ! Quelqu'un – ou quelque chose – venait de bouger et s'approchait de lui. Pylos sentit ses cheveux se dresser sur sa tête. Un tremblement agita son corps tout entier. Il résista cependant à l'impulsion de fuir. Il voulait être certain d'abord qu'il ne s'agissait pas d'un de ses passagers.

Un halètement parvint jusqu'à lui, suivi par un « Pylos » chuchoté.

– Mégare ? appela-t-il en retour, n'osant pas en croire ses oreilles.

Il s'approcha du bord du bateau, son cœur battant à tout rompre.

Une silhouette s'approchait lentement de lui, descendant avec difficulté, s'accrochant aux rochers pour plus de sûreté. Quand elle fut assez proche, Pylos put discerner enfin son visage.

C'était bien Mégare, mais elle ne ressemblait plus en rien à la prêtresse qui avait quitté son bateau quelques sabliers plus tôt. Sa belle robe bleue était déchirée, le tissu lacéré comme si une bête géante l'avait prise entre ses griffes, son visage était en sang et elle se tenait aussi courbée qu'une vieille femme.

Oubliant toute prudence, Pylos se pencha vers elle autant qu'il le put, au risque de tomber tête la première dans la Brume en contrebas. Il lui tendit la main.

– Par ici ! Venez !

Des mots inutiles, mais qui semblèrent cependant galvaniser la jeune femme.

Elle parcourut les derniers mètres laborieusement, se laissant tomber dans les bras du marin et s'y accrochant avec la force du désespoir. Pylos ne comprit qu'à ce moment à quel point elle était blessée.

Les traits tordus par la douleur, Mégare murmura :

– Xylès...

Il y avait tant de peine dans sa voix que Pylos ne sut comment réagir. Mégare leva la tête :

– Héra... Héraklia...

– Elle est ici, tout va bien, regardez ! s'écria Pylos, qui la souleva jusqu'à sa fille.

Elle battit des paupières plusieurs fois, comme si elle éprouvait des difficultés immenses à se concentrer. Puis elle déposa un doigt tremblant sur le front de l'enfant, dessinant une empreinte pourpre sur la peau sombre du bébé.

Pylos demeura silencieux, n'osant poser aucune question.

– Merci... souffla Mégare.

Elle tourna la tête vers lui, en un effort qui paraissait colossal.

– Protégez-la...

Une supplique plutôt qu'un ordre, mais Pylos n'osa pas se dérober. Il répéta les mêmes mots que quelques sabliers auparavant :

– Je veillerai sur elle.

Un soulagement intense fleurit sur le visage de Mégare.

Puis elle ferma les yeux.

Et s'éteignit dans ses bras.

1

HÉRA

« De toutes les formes de magie, celle de l'eau est la plus répandue. La première ressource du monde de Mirar est devenue ainsi la plus précieuse entre les mains de nos mages. Si elle ne produisait pas, à l'instar des autres magies minoritaires, de la Brume à chaque manipulation, elle pourrait être vraiment considérée comme un bienfait des dieux. »

Traité de magie élémentaire –
Cours de base de l'Académie de Mirar.

17 ans plus tard, aqueduc du lac Taho

Le soleil est haut dans le ciel. Une chaleur implacable, qui ne m'est pas familière. D'ordinaire, je suis cloîtrée derrière les murs épais du temple, construit sous l'aqueduc. Une apprentie Guerrière comme les autres, avec ses obligations et ses corvées. Baissant la tête quand j'aperçois un prêtre, un salut respectueux aux lèvres, la lueur turquoise de mon Vecteur m'éclairant le visage.

– Alors, crevette, tu te lèves ? Je ne te paie pas à rien faire !

La voix de Pylos fait naître un sourire sur mes lèvres.

Le pont de l'Argo tangue sous mes pieds.

Autour de nous, la mer de Brume avec ses mystères et ses monstres.

La liberté.

– Héra ! Héra !

Je grogne et me retourne sur ma couche. Quel que soit l'imbécile qui est en train de me secouer par l'épaule, s'il continue, il va regretter son geste !

– Debout ! C'est l'heure de manger avant ton tour de garde !

Garde ?

J'ouvre les yeux. Mon rêve part aussitôt en fumée.

Je rabats la couverture sous laquelle j'étais blottie et j'aperçois le visage exaspéré d'Ayrell. Elle est campée devant moi, mains sur les hanches, tapant presque du pied d'impatience.

– Alors, tu te décides à te lever ? La cloche va bientôt sonner et je déteste être en retard au réfectoire !

– Oui, bon, ça va, je maugrée, repoussant en arrière la masse de mes cheveux en un geste machinal, avant de tâtonner à la recherche du lien avec lequel je les attache. Ton estomac peut bien attendre deux minutes…

Comme pour me contredire, la cloche retentit à ce moment. Ayrell aborde un air franchement désespéré.

– Mais presse-toi un peu ! s'écrie-t-elle avant de se pencher et de saisir quelque chose à terre. Tu ne vas pas finir comme Delphinius, toujours en retard ! Tiens, le voilà, ton ruban ! Maintenant, debout !

Je lui jette un regard noir, mais ne réplique pas. Depuis le temps qu'Ayrell est arrivée au temple en tant qu'apprentie Guérisseuse, j'ai appris à ne pas m'interposer entre elle et son repas quand elle a faim. C'est d'autant plus dangereux quand son estomac grommelle comme il le fait à présent.

Je la suis le plus rapidement possible dans les couloirs du temple. Mon amie a beau mesurer deux têtes de moins que moi, je dois allonger le pas pour la suivre. À travers les portes fermées où se déroulent encore les classes et autres ateliers pratiques, j'entends des bribes de conversation, parfois exprimées en une langue qui m'est étrangère.

– Ici, nous n'employons que la Langue Commune, s'indigne aussitôt un prêtre-magicien.

La cloche sonne le rappel.

– Plus vite ! m'enjoint Ayrell.

Peine perdue : nous sommes bientôt rejointes par le flot d'apprentis alléchés par l'odeur appétissante qui flotte dans l'air.

– Cette fois-ci, je parie qu'il y a de la viande au menu ! s'exclame Ellène, une apprentie Guerrière un peu plus âgée que moi.

– En même temps, si c'est du yak comme la semaine dernière, je ricane, tes mâchoires ne te diront pas merci.

Elle me tire la langue, je m'apprête à l'imiter quand une voix grave derrière moi m'en coupe l'envie :

– Les tiennes sont-elles trop délicates, Héra ? Si tu veux me passer ta portion, surtout ne t'en prive pas !

Je grince des dents alors que les murmures éclatent autour de nous. Il ne manquait plus que monsieur Rabat-Joie, tiens.

Tybalt me dépasse, prenant soin de me contempler avec ce petit air supérieur qui m'agace depuis qu'il est arrivé au temple, il y a à peine une quinzaine de jours. Il a travaillé, ainsi qu'une grande partie des prêtres et prêtresses du temple, dans le Sanctuaire qui devra accueillir le départ du second aqueduc. Depuis, monsieur se promène chez nous avec cette mine satisfaite comme s'il avait posé lui-même la première pierre de l'édifice, alors qu'il n'est qu'un apprenti Guerrier, comme moi.

J'ignore pourquoi il m'a prise pour cible. Peut-être parce que je n'hésite jamais à intervenir quand j'estime que c'est nécessaire. Il veut sans doute me rabattre le caquet. Selon mes amies, au contraire, il veut juste que je le remarque.

Dans tous les cas, il se trompe de méthode.

– Comme si j'allais te céder ma part, je me contente de grogner.

À la grande satisfaction d'Ayrell, j'allonge le pas vers le réfectoire. Moi aussi, j'ai faim et, si je traîne de trop, j'aurai à peine le temps d'avaler mon repas avant de filer prendre mon tour de garde.

Hélas, l'imbécile ne désarme pas :

– Pourquoi ? Ce que t'a offert ton Passeur est déjà dévoré ?

Quelques rires éclatent.

Je stoppe net.

Ma relation avec Pylos, que je considère comme mon père adoptif, a toujours fait jaser dans les dortoirs de l'Académie. D'ordinaire, je ne prête pas attention aux théories et autres rumeurs que l'on peut élaborer sur mon compte. Qu'ils cancanent donc si ça leur chante ! Mais qu'on ose l'évoquer en public… Tybalt va regretter de m'avoir cherchée.

Je pivote sur mes talons.

En croisant mon regard, l'imbécile pique un fard, ce qui contraste violemment avec sa peau pâle – une rareté ici, presque tous les apprentis ont la peau brune, sans parler de ceux et celles qui ont le teint aussi sombre que moi. Les théories d'Ayrell et d'Ellène ne me semblent plus aussi farfelues, soudain. Ce qui ne va pas m'empêcher de punir ce type comme il se doit pour avoir amené le sujet de Pylos sur le tapis.

– Mon Passeur, comme tu dis, ne m'a rien apporté du tout. Pour la simple raison qu'au lieu d'attendre qu'un domestique veuille bien le servir, comme c'est ton cas, il doit se battre pour acquérir ce qu'il a.

Tybalt veut riposter. Je ne lui en laisse pas la possibilité. J'empoigne mon Vecteur. Une lumière azur englobe soudain Tybalt. Avant même qu'il puisse dire « ouf », le voilà privé de parole. À l'intérieur de la bulle où il est prisonnier, il peut s'époumoner autant qu'il le veut, personne ne l'entendra crier.

En revanche, il perçoit chacun de mes mots.

– Tu oses parler des Passeurs comme s'ils vivaient dans le luxe. Comme si eux ne crevaient pas de faim au même titre que tous les Survivants. Comme si la plupart d'entre eux n'étaient pas prêts à donner n'importe quoi pour obtenir un peu de nourriture ou d'eau.

Ou protéger leurs enfants, je songe, en me souvenant des bébés encore dans leurs langes que les mères ou les pères nous tendent à bout de bras pour que nous les prenions à l'Académie. Pour qu'ils n'aient jamais faim ou soif. Hélas, tout le monde n'est pas apte à manipuler la magie. Seuls les plus forts, les plus talentueux sont admis.

– Dis-moi, Tybalt, as-tu déjà été présent quand un bateau émet des signaux de détresse parce qu'il est poursuivi par un monstre ? As-tu déjà entendu les appels à l'aide, vu la détresse sur les visages ? As-tu déjà dévalé en pleine nuit les marches qui mènent en contrebas et affronté des Gueules Béantes ou des Serpents Géants émergeant de la Brume ?

Tybalt est cramoisi, à présent. Sa bouche s'ouvre sans qu'aucun son n'en sorte. Tous les regards sont fixés sur moi. Une attention dont je profite sans aucun remords. Contrairement à l'imbécile que j'ai devant moi, j'ai vécu toute ma vie ici. Je connais les moindres recoins du temple. De plus, les autres apprentis me respectent, qu'ils soient Guérisseurs ou Guerriers. Ils savent qu'ils peuvent compter sur moi, que je pourrais les aider.

Que savent-ils de Tybalt ? Rien.

Je m'apprête à lancer une nouvelle salve quand j'entends dans mon dos :

– Que se passe-t-il ici ?

Les curieux se dispersent comme par enchantement alors je grogne de désappointement. J'annule l'enchantement d'un claquement de doigts. Tybalt me décoche un regard furieux.

– Salutations, prêtresse, se hâte-t-il de dire.

Quel lèche-sandales, franchement

Je me retourne et croise immédiatement le regard agacé d'Amani. La prêtresse ne semble pas d'humeur à tolérer ce qu'elle appelle « mes frasques » et je me dépêche d'imiter Tybalt.

– Salutations, Amani.

Et toc. Je me permets d'utiliser son prénom, ce qui ne passe pas inaperçu auprès d'Amani, qui lève les yeux au ciel, comme pour demander l'aide des dieux en ce qui me concerne.

– Il suffit, vous deux. Vous allez être en retard pour le premier service. Héra, tu es de garde ce soir.

Pourquoi tout le monde s'obstine-t-il à me le rappeler ? Comme si j'avais déjà manqué une seule obligation, même parmi les plus assommantes !

Je m'apprête à répondre, même si je sais d'instinct que ça ne servira à rien, mais Amani me prend de court.

– Et n'oublie pas de recharger ton Vecteur, il est presque vide.

J'entends le petit rire moqueur de Tybalt quand ce dernier passe à côté de moi. S'il n'y avait pas Amani à côté de moi, je serais tentée de lui faire un croche-pied. En l'occurrence, je m'abstiens, mais l'imbécile ne perd rien pour attendre !

J'incline la tête, même s'il m'en coûte.

– Bien, *prêtresse*.

Et tournant les talons, je file au réfectoire.

Comme d'habitude, la salle du réfectoire s'est remplie dès le premier son de cloche. Les conversations ricochent sous la voûte de pierre alors que le personnel s'affaire autour des tables pour remplir les coupes d'eau ainsi que les plateaux posés au centre des tables. Le brouhaha est tel qu'il me donne déjà la migraine. Heureusement, je peux compter sur Ayrell et Ellène, qui m'ont devancée dans le réfectoire, pour me garder une place sur le banc.

– Te voilà enfin ! m'admonestent mes amies avant de me tendre une coupe à moitié pleine et un bol bien rempli, lui.

– J'ai été *légèrement* occupée, je réplique.

Je glisse un regard vers l'endroit où Tybalt est attablé.

Ellène secoue la tête, sa longue tresse blonde se balançant dans son dos.

– Laisse-le donc parler.

Je m'empresse d'avaler ma cuillérée de ragoût – j'avais raison, c'est bien du yak au menu – pour lui répondre :

– Jamais de la vie. Je hais ce genre de personnes qui nous prennent de haut et croient tout savoir, sous prétexte qu'elles ont voyagé. Alors qu'au final elles sont aussi privilégiées que nous, à l'abri de nos murs de pierre, avec notre magie et la certitude d'avoir un bon repas chaud à la fin de la journée.

– Des hypocrites, glisse Ayrell, on est d'accord.

Elle se perd dans la contemplation de son ragoût, l'esprit clairement ailleurs.

– Je me souviens, quand j'habitais encore dans le Sanctuaire d'Otis avec mes parents, avant qu'Amani ne remarque mes prédispositions pour la magie... (Elle frissonne.) C'était... horrible.

– Ce que Tybalt ne comprendra jamais.

– Toi non plus, d'ailleurs.

Je lève la tête vers Ellène, surprise et blessée en même temps par son intervention. Elle m'adresse un petit sourire de conciliation.

– Désolée, je ne voulais pas te vexer. Juste pointer du doigt que toi non plus, tu ne peux pas comprendre ce qu'Ayrell veut dire. On sait toutes que tu as été recueillie tout bébé par Pylos, qui t'a amenée ensuite droit ici. Tu n'as aucune idée de ce que c'est de vivre dans un Sanctuaire, d'avoir la peur au ventre parce que tu as peur d'être volée ou, pire, de devoir dormir dans la saleté ou encore d'avoir la faim qui te torture le ventre parce que tu n'as plus un seul jeton pour payer ta nourriture. Quand on te dit que c'est horrible, c'est encore bien en-deçà de la réalité.

Elle a prononcé ces mots d'une voix égale, mais je sens la détresse qui pointe en dessous. Comme d'habitude, quand Ellène évoque ce qu'elle a vécu avant de se retrouver apprentie Guerrière ici, je me tais. Ce qui ne m'empêche pas de déclarer ensuite :

– Très bien, je ne peux pas comprendre, j'admets. En attendant…

Mais avant que je puisse parler davantage du sort que je réserve à Tybalt, la cloche sonne de nouveau.

L'heure de commencer ma garde est venue.

– Et n'oublie pas de recharger ton Vecteur ! me lance Ayrell alors que je me relève du banc.

Je lui rétorque un « Zut ! » avant de me précipiter vers le cœur du temple – la fontaine sacrée.

Si je devais désigner mon endroit favori dans l'ensemble du temple, ce serait sans aucun doute la fontaine. On y accède par un seul escalier et on se retrouve aussitôt dans une alcôve où résonne le chant de l'eau. Un son qui réussit toujours à m'apaiser, même quand je suis pressée comme aujourd'hui. Le prêtre-magicien qui veille sur l'endroit me salue de la tête avant de se détourner. En temps ordinaire, j'aime m'agenouiller devant le bassin large et peu profond. Contempler le filet azur qui sort droit des mains de la statue représentant la déesse – une divinité sans nom et sans visage.

– Les dieux ont de multiples incarnations, Héra. Leur donner un nom limiterait leurs pouvoirs et les offenserait, m'avait répondu Amani quand j'avais osé aborder le sujet.

Je me rappelle combien j'avais pris peur en entendant ce mot, « offenser ». La dernière chose que je voulais, c'était insulter les dieux, eux qui nous avaient déjà infligé le Bouleversement.

D'un geste familier, je défais l'attache de la chaîne à laquelle est pendu mon Vecteur avant de faire glisser le pendentif dans ma main. La première capsule est presque vide et je me dépêche de la remplir à l'eau de la fontaine. Penser que c'est de la magie pure qui dégouline sur ma peau, capable de guérir, de nous donner l'énergie de nous battre… Des frissons m'en courent dans le dos.

Des frissons qui n'ont rien à voir avec ceux qui me hérissent la peau quand je décharge la seconde capsule, presque remplie de Brume. Une opération délicate, qui nécessite concentration et doigté.

Il me faut emprisonner la Brume dans une bulle magique, de manière à ce qu'elle ne s'échappe pas. Je jette un coup d'œil vers le réservoir – sa destination finale. Il est encastré dans le mur, en dessous du jet de la fontaine. C'est un cube de belles dimensions, à la pierre translucide. De l'olympite, le seul matériau qui puisse résister à l'effet corrosif de la Brume.

Un seul tuyau émerge du cube, fermé par un loquet à sa base. Il plonge ensuite dans le bassin de la fontaine. L'autre extrémité, qui a été sculptée en bouche d'animal – un poisson, d'après ce que m'ont décrit les Survivants – s'ouvre devant moi. Loquet ouvert.

Avec précaution, je dirige la bulle de Brume et de magie mêlées jusqu'à ce qu'elle soit dans l'embouchure du tuyau, avant de rabattre le loquet derrière elle.

Aussitôt, un bruit d'aspiration résonne et j'observe, quelques secondes après, l'autre loquet se soulever pour admettre la bulle de Brume.

J'éprouve toujours une certaine appréhension à ce moment. Un geste que je fais au quotidien pourtant, mais que je ne parviens pas à effectuer avec autant d'aisance que les autres. Penser qu'à l'intérieur de ce réservoir danse la même Brume que celle qui se trouve à l'extérieur, celle qui a ruiné notre monde…

Certains diraient que ce que nous faisons est illusoire – pourquoi ne pas relâcher la Brume, ce déchet toxique qui accompagne chacune de nos manipulations magiques, dans l'air ? N'en sommes-nous déjà pas entourés ?

Si Amani pouvait surprendre mes pensées, j'en serais quitte pour une belle correction !

Car la Brume attaque, corrompt, grignote tout sur son passage. Qui sait ce qui se passerait si nous commencions à en libérer encore davantage dans l'atmosphère ?

Je pousse un profond soupir avant d'attacher la chaîne autour de mon cou.

Plus le temps de traîner, deux cents marches m'attendent encore avant d'atteindre la base du pilier autour duquel je devrai monter la garde cette nuit.

Car, quand l'obscurité vient, les monstres ne sont jamais loin !

2

INTISSAR

« Des magies élémentaires, je considère celle du feu comme la moins intéressante. Sans aucun doute parce que ses pratiquants, qui se nomment Sœurs et Frères, prônant ainsi le sens du partage et la solidarité entre ses membres, sont ceux et celles qui possèdent le moins de contrôle sur leur élément. »

Des magies élémentaires et de leurs pratiquants,
petit traité rédigé par Aquus, Prêtre de l'Eau à l'Académie de Mirar.

Sanctuaire de Sophia

– Et à présent… C'est l'heure de l'histoire !

Un concert de « oui ! » enthousiastes résonne sous l'espace de la tente. Je dévoile d'un geste théâtral la statue d'Aïstos, cachée jusqu'ici sous un voile. Les enfants demeurent bouche bée devant l'effigie du dieu, dont les yeux étincellent dans la pénombre. J'ai beau savoir que ce n'est là que le reflet des flammes qui brûlent dans le foyer, je ressens toujours le même mélange d'admiration et d'excitation à cette vue. Et puis, elle ne manque jamais de produire son petit effet sur les enfants qui sont réunis en cercle autour de moi.

Ébahis, ils dévisagent la statue d'Aïstos comme si ce dernier allait prendre vie devant eux.

Je décoche un clin d'œil complice à Saraï, qui surveille l'assemblée. Il m'adresse en retour ce sourire qui éveille des papillons dans mon ventre. Je détourne la tête – Saraï est doué en bien des matières, et la séduction en fait partie. Ce qui ne lui est pas difficile avec sa stature musclée, son regard enjôleur et…

Je devrais m'arrêter là, en fait. Je sens déjà mes joues s'échauffer.

Je me racle la gorge et commence :

– Il y a bien longtemps, quand les dieux parcouraient encore cette terre…

– C'était avant le Bouleversement ? pipe soudain un garçon plus âgé que la moyenne.

Une interruption qui m'agace aussitôt, mais je prends sur moi avant de lui répondre :

– Bien sûr. L'humanité n'avait encore même pas été créée, il n'y avait que les divinités explorant le monde de Mirar qu'elles avaient façonné de leurs mains. Chacune y avait pris part – Shâran avait modelé le ciel, Vani tracé des sillons dans la terre pour créer le cours des rivières et Aïstos…

– On m'a dit que les dieux n'avaient pas de nom.

Pourquoi cet enfant ne peut-il pas profiter du divertissement offert au lieu de poser question sur question ? J'étouffe un soupir de frustration alors que Saraï me jette un regard entendu.

– Tu viens d'où, dis-moi ? demandé-je au garçon.

– Du Sanctuaire d'Otis, répond-il d'une mine boudeuse.

Tout s'explique. Otis est proche du tracé de l'aqueduc, et qui dit aqueduc dit forcément Prêtres de l'Eau. Pas étonnant dès lors que le petit ne comprenne pas pourquoi, ici, nous nommons les dieux. Il ne fait que réciter ce qu'on lui a appris.

Et, connaissant les Prêtres de l'Eau, ils ne lui ont certainement pas dit que la magie liée à d'autres éléments existe.

Comme la nôtre.

D'un geste machinal, je pose la main sur le petit sac rembourré pendu à ma ceinture. Nous n'avons pas de Vecteur, nous – juste le contenu de ce sachet. Mais c'est bien suffisant pour combattre les monstres et autres pièges que nous réserve la Brume.

Comme le revenant d'hier soir, que j'ai dû empêcher d'approcher de notre Sanctuaire et renvoyer dans le monde des morts.

Le raclement de gorge de Saraï me ramène à la réalité.

– Et qui t'a enseigné que les dieux n'avaient pas de nom ? je questionne de nouveau.

Le gamin bredouille quelques mots en une langue étrangère – certainement un dialecte du Nord – avant de se reprendre et d'adopter la Langue Commune :

– Les prêtres de là-bas. Ceux qui habitent dans l'aqueduc !

Je me mords l'intérieur de la joue pour ne pas rire.

– Dans le temple près de l'aqueduc, plutôt, je corrige gentiment avant de poursuivre. Tu sais, il existe plusieurs conceptions quant aux dieux et à la magie…

Je vois des sourcils qui se froncent dans notre public. Ils sont venus pour une histoire, pas une leçon magistrale. Il est temps de changer de tactique.

– Combien d'entre vous parlent une autre langue que la Langue Commune ?

Plusieurs mains se lèvent.

– L'erasien…

– L'araïne !

– Le batou…

– Parfait, je reprends en haussant la voix. Hé bien, la magie, c'est comme les langues. Il en existe plusieurs. Et il n'y en a pas une qui soit meilleure ou moins bien que les autres…

Je me relève brusquement. Cette fois, j'ai toute leur attention.

– La preuve, je murmure avant de glisser un doigt dans le sachet pendu à ma taille et de le ressortir aussitôt.

Une flamme jaillit immédiatement au bout de mon index. Je sens la magie s'éveiller, et une chaleur bienvenue se répand dans tout mon corps. Je pousse un soupir de bien-être alors qu'un « Oh ! » collectif retentit.

À l'autre bout de la tente, Saraï secoue la tête, l'air amusé. Il articule silencieusement à mon adresse : « Vantarde ».

– Mais… vous brûlez ! s'écrie le gamin perturbateur de tout à l'heure.

Je lui fais signe d'approcher. Le garçon n'est absolument pas à son aise, mais il obéit quand même.

– Regarde, je lui souffle avant de pencher ma main vers lui. Est-ce que j'ai l'air de souffrir ?

Il secoue la tête, hésitant. Je le rassure d'un « Exactement. »

Je souffle soudain sur mon doigt, réunissant ma magie en un clin d'œil.

La flamme s'éteint. Les enfants écarquillent un peu plus les yeux alors que je me dépêche de prendre au piège d'une bulle de fumée la Brume produite par cette manipulation. Je la laisse s'élever dans l'air – à l'intérieur de chaque tente, est accroché à son sommet un globe transparent. C'est là que nous entreposons la Brume, qui est ensuite transférée dans des jarres à la surface recouverte d'une mince couche d'olympite. Le seul réservoir dont nous disposons.

– Maintenant qu'il n'y a plus de questions, nous allons reprendre l'histoire !

Je m'apprête à m'asseoir de nouveau devant mon public attentif quand le son d'une corne toute proche me fige sur place.

Saraï se redresse d'instinct. Nos regards se croisent.

Un coup pour une arrivée inattendue au Sanctuaire – un bateau égaré, par exemple. Deux coups pour l'arrivée de monstres.

Le second mugissement résonne. J'étouffe un juron avant de foncer vers Saraï.

– Surveille les enfants !

– Mais…

Il se tait brusquement quand une nouvelle alarme déchire l'air. Quant à moi, je m'arrête dans mon élan. Trois coups.

Quelques instants de silence tendu avant que Saraï ne chuchote :

– Que crois-tu…

Il n'a pas le temps d'achever. Le pan de la tente se soulève brusquement, dévoilant le visage rond de Laël. Son regard se fixe d'emblée sur moi, l'angoisse palpable dans ses yeux sombres.

– Maïlyne te demande au phare.

– Laël ! Attends !

Ma Sœur de Feu obéit à contrecœur.

– Écoute, dit-elle, devançant ma question, je ne sais rien de plus, sinon qu'on m'a demandé de venir te chercher de toute urgence.

C'est bien ce qui m'intrigue. Quand la corne retentit trois fois, habituellement, cela ne concerne qu'une seule chose : un revenant égaré dans notre monde. La silhouette de ces fantômes attire la Brume telle un aimant. Ils entraînent dans leur sillage une part de Brume. Ils se dirigent en général vers les sources de chaleur – et la flamme du phare représente une tentation irrépressible.

Le séjour des spectres dans notre monde ne serait pas grave si une personne croisant le chemin de ces spectres n'était pas susceptible d'entrer en contact direct avec la Brume. J'ai vu les traces qu'elle laisse sur les rescapés de ce genre d'incident. Les malheureux ne survivent pas longtemps.

C'est pourquoi je dois intervenir avant qu'un drame ne se produise – arrêtant le spectre, l'empêchant de progresser et le renvoyant dans le monde d'où il n'aurait jamais dû sortir. Quant à la Brume qui s'est accrochée à lui, je la brûle sans aucune hésitation.

Je m'assure d'un coup d'œil que mon sachet d'Éclatante est bien rempli.

Néanmoins, le danger que représente l'apparition d'un spectre n'est rien face à celui posé par un Serpent Géant, un Kraken tentaculaire ou une autre bête s'apprêtant à dévaster notre Sanctuaire. On ne peut pas raisonner avec ces démons sortis de la Brume, ils ne pensent qu'à détruire et à nous dévorer.

S'il ne s'agit pas d'une attaque de monstre, comme le prouvent les alarmes successives, qu'est-ce qui nous menace ? Je ne comprends pas.

Mais je sens que Laël n'ajoutera rien de plus, je n'ai donc pas d'autre choix que de la suivre dans la descente vertigineuse qui nous mènera au port de Sophia.

J'ai beau connaître ce sentier par cœur depuis mes huit ans, je me méfie encore. Depuis le sommet de la montagne sur lequel le Sanctuaire de Sophia est perché jusqu'aux limites de l'océan de Brume, l'espace est plutôt restreint. Quand les Sœurs et Frères de Feu ont décidé de poser leurs maigres bagages ici, dans les premiers jours suivant le Bouleversement, ils ont rassemblé tous les matériaux qu'ils pouvaient trouver.

Laël ouvre le chemin avec une souplesse que je lui envie. J'essaie de la suivre du mieux que je peux sur les planches de bois et bouts de cordes qui forment autant de passerelles et de ponts précaires. Un entrelacs fragile, qui tremble sous nos pas avec, comme seule perspective, la Brume en contrebas. Tout ça me donne le vertige et, dans l'obscurité, c'est encore pire.

Mon souffle se bloque parfois dans ma gorge, mais je cours le plus vite que je peux, tout en prenant garde à ne pas me fouler une cheville ou à tomber.

La corne s'est tue à présent. Quelle menace nous guette donc ? Je sens mon ventre se serrer à l'idée de rencontrer, à quelques encablures de notre

Sanctuaire, quelque chose d'encore pire que les monstres qui parcourent la mer de Brume. Le silence me semble soudain étouffant dans cette nuit d'encre.

À la lueur des flambeaux, des visages apparaissent. Les habitants du Sanctuaire de Sophia, ceux et celles qui nous font confiance pour les protéger, nous dévisagent lors de notre passage, les mines tendues d'anxiété. Certains essaient de nous poser des questions :

– Qu'est-ce qui se passe ?

– Est-ce encore ce serpent ?

– J'ai entendu trois appels…

Pas le temps de leur répondre. Je me contente d'un sourire qui, je l'espère, est suffisamment rassurant avant de filer auprès de mes Sœurs.

J'ai à peine posé le pied, hors d'haleine, sur la première marche qui mène au quai de Sophia que je me fais happer.

Sans me laisser le temps de reprendre mon souffle, Maïlyne, Sœur Aînée du Feu, m'emmène directement vers le phare.

– Tu en as mis, du temps, grogne-t-elle.

– J'ai fait du plus vite que j'ai pu, je réplique, en résistant à sa poigne jusqu'à ce qu'elle me lâche. Si tu m'expliquais ?

– Non. Il faut que tu voies ça par toi-même…

Des paroles qui ne me rassurent guère, mais je me tais. Maïlyne n'apprécie pas qu'on insiste. Dans mon crâne, des questions bourdonnent. Pourquoi autant de mystère ?

Le phare n'est guère grand mais il suffit pour offrir une vue dégagée de l'horizon. La flamme qui s'élève derrière nous, bien à l'abri dans son écrin de verre, réchauffe un peu mes membres endoloris par le froid.

– Tiens.

Maïlyne me fourre immédiatement la longue-vue dans les mains.

– J'ai besoin de ton regard. 15 degrés à gauche.

Je lui jette un coup d'œil surpris avant de prendre l'appareil machinalement. Aucun besoin de longue-vue pour repérer un revenant, et surtout dans l'obscurité – leur silhouette blafarde se voit de loin.

Mais Maïlyne me fixe d'un regard insistant et je cède.

– Si tu insistes…

Je déploie directement l'appareil avant de le braquer dans la direction indiquée. Aïstos en soit loué, le phare du Sanctuaire jumeau du nôtre – Ephialtes – me dévoile de son œil unique ce qui se trame là-bas dans l'océan vaporeux.

Je fronce les sourcils. Je ne vois rien d'anormal.

Aucun spectre se matérialisant dans l'océan de Brume qui nous entoure.

– Redresse la longue-vue, me souffle Maïlyne, joignant le geste à la parole.

Plus haut ?

Je l'aperçois directement.

Je me fige.

Je ne comprends pas ce que j'ai sous les yeux.

La Brume, qui jusqu'ici s'étalait telle la mer d'avant, comme la décrivent les anciens, semble soudain s'être soulevée.

C'est une véritable vague que j'ai en face de moi. Si haute qu'elle pourrait engloutir notre Sanctuaire tout entier. De là où je suis, elle semble immobile, mais la longue-vue me révèle sa progression. Lente, mais inexorable. Elle sera là dans un sablier et demi. Peut-être moins.

Je déglutis avec un bruit audible, des frissons me courent le long du dos. Quand j'abaisse la longue-vue, je dévisage Maïlyne, les yeux écarquillés.

– Qu'est-ce que… c'est ?

Au fond de moi, je sais que ma question est idiote, qu'elle ne détient pas plus de réponse que moi. Jamais nous n'avons été confrontés à pareil phénomène.

Maïlyne hausse les épaules pour tenter – en vain – de dissimuler son trouble.

– Pourquoi crois-tu que je t'ai fait appeler ? C'est toi, la spécialiste après tout…

Des mots qui me coupent le souffle une fraction de seconde.

– Mais en quoi cette… chose aurait-elle quoi que ce soit à voir avec une incursion de revenant ? Ça n'a pas de sens !

Les fantômes qui se laissent prendre au piège et que j'ai pu renvoyer dans le monde des esprits jusqu'ici ont toujours été solitaires. Des âmes en peine, que j'ai guidées jusqu'aux leurs.

Ce que je viens d'apercevoir…

Maïlyne se tourne vers moi, de manière à ce que les autres Sœurs et Frères autour de nous ne puissent pas surprendre notre conversation.

– Je sais que je t'en demande beaucoup, Inti. Mais je doute que toutes nos réserves d'Éclatante soient suffisantes si nous essayons d'employer notre magie sur cette… chose qui arrive droit sur nous. Nous ne pouvons pas non plus en approcher pour des raisons évidentes, mais toi…

Elle me regarde d'un air entendu et je saisis ce qu'elle veut dire.

Toi, tu le peux.

Je n'en ai strictement aucune envie. C'est une chose d'établir un contact avec un spectre, c'en est une autre de me dématérialiser et de venir à la rencontre d'un tel phénomène.

Néanmoins, Maïlyne a raison. Je suis la seule qui puisse m'en approcher sans risquer d'être aussitôt contaminée.

Je hoche la tête alors que j'essaie de reléguer mes doutes et mes craintes dans un coin de ma tête.

Il est l'heure de se concentrer.

– Très bien.

Mes doigts trouvent le chemin familier du sachet que je n'ai pas lâché depuis mon départ précipité de la tente. Ils frôlent la surface rugueuse des grains d'Éclatante. La plante est un secret jalousement gardé et le seul moyen pour nous de disposer du feu à volonté. Nous ne pouvons pas nous promener avec des Vecteurs attachés autour du cou, nous !

Dès que les grains d'Éclatante sont au contact de ma peau, ils prennent feu. Mais cette fois-ci, je ne veux pas produire de flamme pour impressionner les gamins.

Ce que je m'apprête à faire est beaucoup plus délicat.

En dépit de la température ambiante et de la brise glacée qui frôle ma peau, la sueur perle déjà à mon front.

La magie explose dans mon crâne.

Le feu consume, dévore. Son appétit va sans cesse croissant. Et si je ne résistais pas, je pourrais m'enflammer tout entière telle une torche à taille humaine.

Mais ce n'est pas ce que je veux.

Viens à moi.

Des étincelles me piquent la peau.

Obéis-moi.

Le feu se cabre tel un animal rétif. Je ne le laisse pourtant pas se rebeller.

Réponds à mon appel.

Je l'apaise tout en prenant garde à ne pas l'éteindre. J'alimente cette énergie brillante, ce fluide en fusion.

Le feu dévore et consume, mais il peut aussi réchauffer. Éclairer. Projeter sa lumière là où personne d'autre ne peut aller.

Et servir de monnaie d'échange quand je m'introduis dans le monde des morts.

Je rouvre les yeux.

Dans ma main, la flamme a disparu.

Ne reste plus qu'une boule d'essence pure, chatoyante, un concentré de lumière.

J'évalue d'un coup d'œil la distance à franchir jusqu'à cette vague dont j'ignore tout.

Jamais je ne me suis projetée aussi loin.

Et vers un objectif aussi risqué.

Je ferme les yeux et je me détache de moi-même.

3

INTISSAR

« Ils les nomment spectres, revenants, fantômes, esprits. Ils prétendent même être capables de converser avec eux ou encore de pénétrer dans leur monde. »

Croyances sur l'au-delà – Mythes & réalité
par Ambrosius Enaïde, consultant à l'Académie de Mirar

Les formes familières de mes Sœurs et Frères de Feu deviennent floues. Le Sanctuaire tout entier disparaît.

Et le monde des esprits s'ouvre à moi.

Des ombres dansent devant mes yeux, elles me bloquent le chemin.

Elles ne permettront pas que je poursuive ma route sans avoir payé le prix de mon passage dans leur monde.

J'ignore si les autres Sœurs ou Frères de Feu possédant ce don procèdent de la même manière. Peuvent-ils ignorer le monde des morts ? Aller directement là où ils ont envie d'être sans contrepartie à donner ? Il existe si peu d'informations sur ce talent que je possède. Je me doute que je ne dois pas être la seule au monde mais, parfois, c'est comme si c'était le cas !

Des images familières, douces-amères, refont surface.

J'ai huit ans et Maman est en train de mourir.

Ses paupières papillonnent, comme si l'effort qu'elle fournit pour maintenir ses yeux ouverts lui coûtait de plus en plus. J'ai peur. Même le sourire de la Sœur de Feu qui vient alimenter le brasier mis à disposition dans notre tente ne me rassure plus. Si Maman part « rejoindre Papa », je vais rester toute seule, dans ce Sanctuaire plein d'étrangers.

– Maman…

Je serre sa main dans la mienne.

– Reste avec moi, s'il te plaît…

Elle ne paraît pas m'entendre. Ses lèvres demeurent entrouvertes, mais aucun son n'en sort. A-t-elle seulement conscience que je me tiens près d'elle ?

Le chagrin qui m'a dévastée quand j'étais enfant m'inonde à nouveau. Je me mords la lèvre, me concentre sur cette infime douleur.

Maman claque des dents. Des murmures incompréhensibles s'échappent de ses lèvres. Je me penche sur elle, dans l'espoir de les déchiffrer. Les sons sont rocailleux. Étrangers.

Est-ce là sa langue natale, celle qu'elle a toujours promis de m'enseigner quand je serai plus grande ? Je ne connais qu'un seul mot – mon prénom. Intissar, la victoire.

Intissar. Trois syllabes auxquelles je me raccroche alors que je perds la perception de moi-même. Mon corps est demeuré en arrière auprès de mes Sœurs et Frères. Je sais qu'ils vont veiller sur cette enveloppe qui, désormais, ne me contient plus. Seul lien entre nous deux, la boule d'énergie qui tournoie toujours dans ma main.

J'ai huit ans et je ne veux plus que Maman ait froid. Je cueille au bout d'un bâton une lueur rougeoyante.

De ma main restée libre, j'étreins celle de Maman.

Et puis, je me concentre.

Je veux…

Au fond de moi, je sais ce que je désire – que Maman guérisse. Que tout redevienne comme avant.

Je me représente ma mère, telle que je l'ai toujours connue.

– Inti ?

La voix de ma mère… Il n'y a qu'ici que je peux l'entendre. Lorsque j'essaie de me la rappeler, quand je reviens auprès des vivants, je me rends compte qu'elle s'est évaporée de ma mémoire.

Autour de moi, les ombres se calment jusqu'à devenir immobiles. Une silhouette familière s'en détache. Je l'observe, une boule dans ma gorge.

– Bienvenue, Intissar.

Je tourne la tête.

Maman me fixe. Mais elle est… bizarre. Elle semble si légère, si… Je sursaute quand je m'aperçois que je peux voir à travers elle ! J'ai peur. Que s'est-il passé ?

– Regarde, me souffle-t-elle.

Et, de sa main, elle désigne deux corps.

Le sien. Le mien. Chacun figé, immobile, comme si le temps venait de s'arrêter.

– Je ne comprends pas, Maman, qu'est-ce qui se passe ?

– Tu es arrivée à séparer ton esprit de ton corps, Inti, poursuit-elle, son regard sombre fixant la branche que mon autre moi tient toujours en main.

– Et… c'est grave ? je demande.

Elle secoue la tête.

– C'est un don, ma chérie. Tu vois, il n'y a pas que les hommes qui apprécient la chaleur du feu. Les esprits aussi.

— Maman.

Je sais que ce n'est pas vraiment elle, que la femme que j'ai connue jusqu'à mes huit ans est définitivement partie. Et pourtant, je ne peux pas m'empêcher de croire à cette illusion. Je la dévore du regard même si je ne peux pas m'attarder.

Je tends la main, où la sphère d'énergie brûle toujours.

– Voici ce que je vous apporte. M'accorderez-vous le passage ?

– Tu ne peux pas demeurer ici indéfiniment, Inti. Tu vois la flamme que tu tiens en main ? Si elle s'éteint avant que tu ne puisses regagner ton corps, tu seras emprisonnée dans le monde des ombres.

– Oh ! Toi aussi, alors ?

Son sourire se fait triste et quelque chose en moi se brise.

– Oui. Mais pour moi, il n'y a pas de retour en arrière possible.

– Quoi ? Non, je ne veux pas que tu restes ici, je ne veux pas être toute seule !

– Tu ne peux pas l'empêcher, ma chérie.

Maman s'approche de moi, yeux dans les yeux, comme si elle craignait que je disparaisse.

– Ma petite flamme... Retourne dans le monde des vivants, Inti. Tu es encore trop jeune pour celui des esprits.

Les larmes coulent sur mes joues alors que j'obéis à son souhait. Sa voix devient murmure :

– La flamme qui pourra nous guider... Ce sera ton nom, désormais.

Le fantôme s'approche encore. Ses doigts habiles frôlent mon présent. Arrachent une petite partie de son flux doré. La douleur me crispe aussitôt. Peu importe combien de fois je répète ce rituel, l'effet demeure le même.

– Je t'accorde le passage, petite étincelle. Dépêche-toi, à présent. Le temps t'est compté.

Maman me fixe l'espace d'un instant.

Avant de disparaître.

L'urgence dans sa voix me fait peur. Je me dépêche de retrouver le chemin du retour – la sphère qui tournoie toujours dans mon esprit m'aide. Cela me semble aussi facile que de tendre la main vers le soleil.

Quand je rouvre les yeux, tout est rentré dans l'ordre.

Je me touche le visage, les bras, les jambes.

Je me tourne vers Maman – « Regarde, j'ai réussi ! » – mais il n'y a plus rien. Elle a disparu. Ne reste plus que ce corps immobile, qui ne respire même plus…

Libérée, je fonce droit vers la vague de Brume.

Je vole à travers l'espace. Au-dessus de mes pieds, le monde réel m'apparaît peu à peu, d'abord flou, puis de plus en plus net.

J'entrevois les phares respectifs des Sanctuaires jumeaux, la mer vaporeuse s'étalant à perte de vue alors que je me rapproche à toute vitesse de mon objectif.

Avec mes yeux humains, je ne verrais rien, mais le don du Feu me donne une vision d'une précision inégalée.

Ce qui me permet d'ailleurs d'apercevoir le remous qui brise soudain les vagues en dessous de moi.

J'étouffe un cri alors qu'une silhouette immense fait lentement surface. Une silhouette que je reconnais immédiatement – celle du serpent géant qui ravage régulièrement Sophia et les autres Sanctuaires. La Brume qui le compose est légèrement plus grise, une particularité inédite chez les monstres, qui se confondent en général avec l'océan évanescent dont ils émergent.

Le monstre doit sentir ma présence, car il relève sa tête gigantesque, son museau pointé droit devant moi. Ses pupilles ne laissent paraître aucun sentiment. Pendant quelques instants, nous demeurons prisonniers du regard de l'autre.

Les monstres ont beau être faits de Brume et donner la sensation de s'évaporer au moindre souffle, il n'en est rien. Leurs mâchoires, leurs crocs, leur corps tout entier sont bien réels et entraînent leurs malheureuses victimes dans les abysses de la Brume, auquel cas, elles n'ont aucune chance de s'en tirer.

Je sens mes battements de cœur, qui me parviennent étouffés, s'accélérer. Que fait ce monstre ici ? Est-il venu pour nous attaquer une fois de plus ?

Il tourne soudain son regard en arrière. Je l'imite.

De près, la vague est encore plus impressionnante. Un immense flux évanescent glisse vers moi. Jamais je n'ai rien vu de tel. Chose encore plus extraordinaire, un vent puissant la porte en avant.

La peur se saisit de moi. Je me demande où cette masse immense, nuisible, va s'abattre.

Une chose est certaine – je ne ressens aucun lien entre le monde des esprits que je viens de quitter et cette vague qui s'approche. En général, quand un spectre s'égare, cherchant à retrouver le monde des vivants et demeurant englué dans la Brume, un lien ténu mais bien présent continue à le relier au monde des esprits. À moi ensuite de m'en servir pour guider le fantôme vers la dimension d'où il n'aurait jamais dû sortir.

Ici, nul lien. Cette vague n'a rien à voir avec les morts. Mais d'où vient-elle ?

Soudain, quelque chose semble émerger de cet agglomérat.

Je m'approche avec prudence, plissant les yeux.

Une main se tend soudain vers moi.

Je pousse un cri – qui demeure mort-né dans ma gorge.

Qu'est-ce que… ?

Et soudain, je les vois.

Des mains.

Des doigts.

Des visages d'hommes, de femmes, d'enfants.

Bouches ouvertes, dents aiguisées, langues avides.

Et cette faim qui brille dans leurs regards.

L'espace d'un instant, je suis certaine que ces êtres, quels qu'ils soient, vont se précipiter sur moi pour me dévorer. Mais non – ils semblent tous être prisonniers de cette masse destructrice.

Je recule avec précipitation.

Je sais déjà que cette vision va hanter mes nuits. Qui sont ces créatures ? Si ce ne sont pas des fantômes, il ne peut rester qu'une seule possibilité – des vivants capturés, emprisonnés dans cette Brume. Transformés en monstres.

Je ne peux pas détacher mon regard d'eux, de leurs mâchoires claquant dans le vide, de la faim qui crispe leurs faces.

S'ils s'approchent d'êtres vivants, réellement vivants… Je n'ose imaginer le carnage.

Mon esprit tout entier se révolte. Je dois les en empêcher ! Mais comment les combattre alors que je ne sais même pas ce qu'ils sont et encore moins où ils vont ?

Comme s'il avait perçu mon impuissance, le serpent replonge dans la mer de Brume. L'impact avec son corps gigantesque soulève une tempête dans son sillage. Je demeure seule face à des créatures dont je ne sais rien.

Enfin, presque.

Car tous ont été vivants. À la différence des monstres de Brume, qui ignorent tout sauf leur appétit, je peux peut-être converser avec ces êtres.

Quand j'interviens pour empêcher qu'un spectre égaré s'approche des vivants, la première chose à faire est d'établir le contact avec lui. De pénétrer dans son esprit. Lui comme moi partageons les mêmes repères, avons vécu les mêmes choses. Il est facile de se rappeler son humanité.

Je dois en faire de même avec ces êtres prisonniers, même s'ils ne provoquent en moi qu'horreur et répulsion.

Essayer d'entrer en contact avec eux, sonder leurs esprits et découvrir leur intention.

Je me concentre, ferme les yeux.

Dans ma paume, la sphère a diminué de moitié.

Le temps m'est compté : une fois toute l'énergie dépensée, il me faudra regagner mon corps.

Je ne perçois rien au début, hormis ce vent qui me rejette en arrière. Jamais je n'ai perçu de courant aussi fort. Si je ne me trompe pas, il vient de l'est.

L'Est, où se dresse le mont Olympus. Je frémis. Ce nom m'a toujours mise mal à l'aise – peut-être parce que les dieux sont censés y résider ?

Un claquement de dents me sort de ma transe. J'échappe de justesse à l'attaque de l'être de Brume. Celui qui a voulu m'agresser tend une main squelettique dans ma direction. Un jeune homme, à peine sorti de l'enfance. Les traits convulsés en une horrible grimace, il ouvre la bouche comme s'il voulait me dévorer tout entière. Je tremble face à cette avidité qui semble sans fond.

Je lève la boule d'énergie face à lui.

– Tu la veux ?

Son regard me suffit comme réponse.

– Dis-moi où tu vas !

Il me contemple désormais avec haine, furieux sans doute que je refuse de lui donner ce qu'il désire. La vague s'approche lentement de moi. Inexorable.

– Dis-moi !

Quand la créature s'exécute enfin, ses lèvres articulent en silence, avec peine, comme si elle avait déjà oublié comment s'exprimer.

– L'aqueduc.

Revenir d'un voyage dans le monde des esprits s'avère toujours pénible. Même le temps semble ralentir, m'emprisonnant en son sein. Quand je rouvre enfin les yeux, je suis haletante, terriblement faible. Des bras m'entourent, on me pose une couverture sur les épaules.

– Ça va, Inti ?

– Tu te sens bien ?

Je retrouve peu à peu la perception de mes sens – ma vue s'aiguise, j'entends le crépitement des flammes du phare. Le froid qui semblait s'être cristallisé dans mes veines disparaît, une chaleur bienfaisante se propage dans tout mon être. En temps ordinaire, je profiterais de l'instant.

Pas maintenant, cependant. Les images de l'aqueduc, de la menace qui pèse sur les Prêtres et Prêtresses de l'Eau ne me lâchent pas. Il faut les avertir !

Aussi, je rassemble le peu de salive qui me reste et je réussis à dire :

– Maïlyne...

Heureusement, ma Sœur de Feu se trouve à proximité, impatiente de recevoir mon rapport. En entendant son nom, elle se précipite vers moi, écartant les autres Sœurs.

– Que se passe-t-il, Inti ? Tu as pu t'approcher de... ?

Elle indique la vague de Brume, encore lointaine, mais qui continue à se rapprocher. Je hoche la tête.

– Des revenants ? demande-t-elle aussitôt.

– Non...

Un soupir de soulagement résonne dans le petit groupe qui m'entoure.

– Alors ? insiste Maïlyne. Qu'as-tu vu ?

Je décris tout ce qu'il s'est passé, depuis l'apparition du serpent jusqu'à ma confrontation avec l'être emprisonné dans la Brume.

Maïlyne et les autres m'écoutent sans m'interrompre, avant de se dévisager quand j'ai fini. Je sais que la décision finale reviendra à Maïlyne, c'est elle l'Aînée après tout. Aussi, je m'adresse à elle directement :

– Il faut avertir les prêtres de l'aqueduc ! On ne peut pas les laisser affronter un tel danger tout seuls, il faut…

Maïlyne émet un bruit agacé.

– Il faut ? Tu me donnes des ordres à présent ?

– Quoi ? je m'écrie, désorientée par cette réaction imprévue. Non, bien sûr que non ! Je veux juste te faire comprendre…

– Et tu y es très bien arrivée, m'interrompt-elle, passant une main dans ses cheveux coupés court. Là, tout de suite, tu as besoin de te reposer, Intissar. Tu viens d'accomplir un exploit éprouvant. Nous en rediscuterons demain, d'accord ?

Demain ? À la vitesse où cette vague progresse, poussée par ce vent venu de nulle part ? Il faut s'en occuper tout de suite !

– Il sera trop tard ! je m'exclame, en dépit de la fatigue qui me fait trembler. Maïlyne, tu ne comprends pas, ces… êtres n'épargneront rien, ni personne !

– Mais leur objectif n'est pas Sophia. Ni Ephialtes, contre-t-elle d'une voix douce qui me paralyse.

Je la fixe, à court de mots. Je n'arrive pas à y croire. Elle n'a nullement l'intention d'envoyer un message aux Prêtres de l'Eau. Elle doit lire mon incompréhension dans mon regard car elle soupire, pose une main sur mon épaule :

– Arrête de te tracasser pour ces étrangers, Intissar. Ils ont leur magie et leur forteresse. Ils pourront se défendre, crois-moi.

Elle me tourne ensuite le dos pour me signifier que la discussion est close. Je demeure immobile. Maïlyne n'a aucune idée de ce que représente cette menace. Ou peut-être ne veut-elle pas faire l'effort de l'imaginer… Quoi qu'il en soit, je ne peux pas la laisser faire.

– Cela ne coûte rien de les informer, je reprends. Je peux m'en charger, leur envoyer un message…

Maïlyne me fait de nouveau face, plisse les yeux. Une expression qui ne présage rien de bon. Les autres s'éloignent, me laissant seule, en face-à-face avec elle.

– Leur envoyer un message ? répète-t-elle comme si je venais de dire la plus grosse bêtise de toute ma vie. Tu es jeune, Intissar, tu n'étais pas là quand nous avons construit les Sanctuaires. Moi, j'y étais. Et je peux te dire qu'en dépit de nos appels au secours, de cette collaboration (elle crache presque le mot) que tu voudrais voir fleurir entre nous, les Prêtres de l'Eau ne nous ont jamais aidés. Ils ne nous ont jamais apporté un morceau de bois, donné une gourde d'eau sans que nous ne devions les payer auparavant. Je sais que tu crois bien faire, Inti…

Elle pose la main sur mon épaule.

– … mais aie confiance en moi, d'accord ? Va te reposer.

Sous la douceur, je perçois sans peine l'ordre. D'ordinaire, je ne songerais même pas à protester. Là, néanmoins, quelque chose m'empêche de céder. Maïlyne doit le percevoir, car elle poursuit :

– Si cela te perturbe autant, tu pourras toujours en parler au Conseil demain soir. Et nous prendrons ensemble (elle appuie sur ce mot) la décision qu'il convient.

Je me mords la lèvre. Demain soir, il sera trop tard.

– Maïlyne…

– C'est ma dernière offre, Intissar. Va te coucher, à présent.

Et elle me plante là, s'éloignant à grandes enjambées.

L'aube se lève à peine quand je grimpe tout en haut du Sanctuaire. Mes muscles demandent grâce, je suis fourbue de courbatures, mais mon esprit est clair.

J'ai pris ma résolution.

Sur un tertre dominant un panorama, qui se révélerait certainement à couper le souffle s'il n'était pas inondé de Brume, se dresse notre champ d'Éclatantes.

La plante miracle, celle dont les graines, cachées pour le moment dans leur cocon épais, nous permet de transporter partout avec nous le don du Feu.

Je lève une main tremblante vers les renflements sombres se développant sous la large corolle des fleurs jaune soleil. J'ai conscience que ce faisant, je suis en train de trahir mes Sœurs et Frères. Que je prends le risque d'être accusée de vol, d'être exclue du Sanctuaire de Sophia.

Mais je ne peux décemment pas fermer les yeux sur la menace que j'ai aperçue cette nuit. Cette vague implacable, cet appétit sans fin, cette volonté de destruction... Les Prêtres et Prêtresses de l'Eau n'ont aucune idée du danger qu'ils encourent. Je dérobe une réserve de graines, m'empresse de la dissimuler dans les pans de ma tunique avant de redescendre au plus vite.

Je dois me rendre là-bas avant qu'il ne soit trop tard.

4

HÉRA

« Le mont Olympus a très tôt été considéré comme le domaine des dieux. À cause de sa situation d'abord, isolée au centre d'une large plaine, dominant toute la région de son ombre formidable. Ses imposantes crêtes rocheuses, son pic hérissé de neige éternelle, la flore épineuse qui l'entoure… Ce n'est guère étonnant dès lors que presque personne ne s'y soit aventuré, les nombreux obstacles ayant tôt fait de décourager les curieux. Et pourtant, cette montagne solitaire s'est avérée porteuse de dons inespérés. C'est là qu'on a découvert l'olympite, seul matériau au monde capable de résister aux effets corrosifs de la Brume. Sans parler des eaux cristallines de son lac, un des plus vastes du monde connu. La mission qui a découvert l'olympite, lors de son exploration du site, a même prétendu qu'il était impossible d'en mesurer la profondeur. Il n'en fallait pas plus pour que certains prétendent que ce lac constitue une porte vers le monde des enfers et que la crainte entourant Olympus en soit encore renforcée… »

Traité de géographie – Le Monde de Mirar,
par Algébrèse Stanley – Ouvrage censuré par l'Académie de Mirar.

24 sabliers plus tard

Je fixe en soupirant la file des Survivants qui se pressent à l'entrée du temple. Elle semble interminable. Nul doute que cette séance de Distribution va se poursuivre tard dans la nuit ! J'en bâille d'avance. Je jette un coup d'œil vers Amani et les autres prêtres, réunis autour de la longue table, formant un barrage entre eux et les mains avides de la foule. Derrière eux s'élève un immense tas de vivres et biens de première nécessité. Vêtements tissés grâce aux fibres des plantes qui poussent autour du lac Taho, hautes herbes fauchées des mois auparavant, mises à sécher, qui serviront de combustible, ou encore petites gourdes d'eau, tout ce que notre temple a à offrir de plus précieux s'étale là.

Cela semble énorme, et pourtant, je suis sûre qu'encore une fois des gens repartiront les mains vides.

Amani surprend mon regard et fronce les sourcils. Elle sait à quel point la Distribution me pèse d'avance. Peut-être parce qu'elle s'accompagne toujours d'un pincement au cœur : voir ces gens affamés, sales pour la plupart, tendre des mains tremblantes et savoir que certains repartiront bredouilles n'est jamais facile. Il me faut aussi me mordre la langue et ne pas répliquer quand certains passent leur colère sur les prêtres :

– Ils sont si riches et, nous, nous n'avons rien… C'est injuste !

– Ils peuvent bien se montrer généreux dans leur Distribution, avec tout ce qu'ils gagnent sur notre dos ! S'ils ne vendaient pas leur eau si cher…

À chaque fois, je dois prendre sur moi pour leur crier que le prix de l'eau acheminée grâce à l'aqueduc est à peine suffisant pour nous permettre de vivre ici. D'entretenir le temple, l'immense structure de pierre au-dessus de nos têtes, d'acheter de la nourriture et autres denrées pour les jours de Distribution… Mais tout ça, les Survivants ne veulent pas le percevoir.

Puis je me souviens de la discussion d'hier, avec Ayrell et Ellène. Suis-je vraiment à même de comprendre ceux qui vivent à l'extérieur ?

– Qu'on ouvre les portes ! ordonne Amani d'une voix sèche, qui me tire hors de mes pensées.

Je me dépêche d'obéir. Ma main se pose sur la poignée d'un des épais battants de bois quand Tybalt entre dans mon champ de vision. Il m'adresse une grimace et, sous couvert de se rapprocher pour ouvrir l'autre battant, me souffle :

– Prête à me museler encore une fois ? À moins que tu ne décides d'être plus courageuse et de me laisser parler aussi…

Par les dieux, que ce gars est agaçant !

Je n'ai pas le temps de répliquer, cependant. Il tire d'un coup sec sur la porte. Les premiers Survivants se pressent déjà sur le seuil, leurs regards affamés se portant directement sur Amani et le reste des prêtres, à l'autre bout de la salle.

Je crie aussitôt :

– Formez une file, deux par deux ! Aucun débordement ne sera toléré !

Des recommandations aussitôt répétées par les apprentis derrière moi, alors que la Distribution commence.

J'étouffe un soupir, prenant soin de ne pas croiser le regard de Tybalt. J'en viendrais presque à souhaiter qu'un monstre de Brume pointe le bout de son nez pour pouvoir enfin me défouler !

Les sabliers s'égrènent, au fil des Survivants, rangés en file indienne et qui patientent en attendant leur tour de Distribution. Par les portes ouvertes, l'air nocturne apporte un peu de fraîcheur dans la salle bondée. J'entends les rires des Passeurs, qui attendent que leurs clients reviennent, les bras chargés de victuailles, pour les ramener à leur Sanctuaire et leur prendre quelques jetons au passage pour le voyage de retour. Ce qui n'est pas toujours vu d'un bon œil, d'ailleurs – prêtres et Passeurs, tous des voleurs ! Tel est le slogan de certains…

– C'est à moi !

– Menteuse ! Rends-moi ce que tu m'as pris !

Tout le monde se hausse aussitôt sur la pointe des pieds pour profiter du spectacle alors que je pousse un grognement. Une dispute… Il ne manquait plus que ça ! Je m'apprête à fendre la foule pour régler le conflit, mais Ayrell me prend de court, se glissant jusqu'aux deux femmes qui sont prêtes à en découdre pour une gourde d'eau. Je les surveille du coin de l'œil – on ne sait jamais jusqu'à quelles extrémités l'avidité peut pousser – quand une voix familière me glisse à l'oreille :

– Alors, petite, on rêvasse ?

Je me retourne aussitôt. Le visage buriné de Pylos se fend d'un énorme sourire alors que je crie son nom en le serrant dans mes bras.

– Hé, doucement ! proteste-t-il. T'es en train de m'écraser, là !

Je dirais bien qu'il exagère, mais étant donné ma stature et le fait que je mesure à présent une bonne tête de plus que lui… Il est loin, le temps où Pylos m'apparaissait comme un géant !

– Quelle mauviette tu fais, je réplique tout en le laissant respirer.

Je l'observe d'un coup d'œil. Il ne semble pas avoir changé depuis la dernière fois où nous nous sommes vus. J'examine ses mains rugueuses, couturées de cicatrices, cette mine brune, cuite au soleil, où les rides dessinent des sillons argentés, de la même couleur que ses cheveux, qui s'obstinent à se dresser en mèches rebelles. Je pousse un discret soupir de soulagement en constatant qu'il ne porte aucune trace de blessures ou signe de maladie. Dans son métier, un incident est vite arrivé…

– Qu'est-ce qui t'amène ici ?

– Outre le déplaisir de te voir ? rétorque-t-il avant de reculer précipitamment quand je fais mine de le frapper. Toujours la même chose, ma crevette...

– Arrête de m'appeler ainsi !

Même si je n'ai jamais vu une crevette de toute ma vie, Pylos m'a suffisamment décrit la bestiole pour que j'aie une idée de ce à quoi elle ressemble. Il éclate de rire, une lueur malicieuse dansant dans son regard. Une chaleur familière m'envahit et je réalise à quel point il me manque tous ces longs mois où je suis au temple pendant que lui vogue sur la mer de Brume. J'adore ma vie ici, en dépit des corvées, mais je ne peux pas m'empêcher parfois de songer que mon quotidien serait bien plus excitant si je me trouvais aux côtés de Pylos, voguant sur l'*Argo*. Bien sûr, ça suppose que je pourrais supporter la compagnie perpétuelle de passagers. Je fronce le nez à cette idée.

– Je fais d'une pierre deux coups, répond enfin Pylos. Je devais livrer ceci (il désigne alors le sac qui est posé à ses pieds et que j'avais manqué jusqu'ici) à Amani et je visite mon apprentie préférée !

– Qu'y a-t-il dedans ? je demande directement, curieuse.

– Un livre qu'elle m'a demandé de lui apporter. Et non, je ne te dirai pas le titre.

Je lui tire la langue. Des regards curieux glissent sur nous. Je devrais sans doute reprendre mon poste, surveiller le flot de Survivants, mais d'un autre côté, je ne vois pas Pylos tous les jours ! On peut bien m'accorder quelques instants avec lui... Comme s'il avait lu dans mes pensées, il m'adresse une grimace.

– Je ne te distrais pas plus longtemps. Je dois de toute manière apporter ceci dans le bureau d'Amani.

– Oh. D'accord. Mais tu restes un peu après ?

– Promis, crevette !

Je l'observe s'éloigner vers l'escalier qui donne accès au temple. Soudain, on me marche sur le pied.

– Aïe !

Un mouvement de foule me coince contre le mur. J'entends des cris à la porte d'entrée. Je grogne. Encore une querelle, je parie... Décidément, quelle plaie aujourd'hui !

Je m'empresse de me frayer un chemin, le bâton qui ne me quitte jamais lors des séances de Distribution rythmant mes pas.

Je pousse sans ménagement ceux qui sont en travers de ma route – bien plus efficace que de leur crier dessus pour qu'ils s'éloignent – et j'arrive à la porte en un temps record.

– Qu'est-ce qui se passe ici ? je demande, prenant ma voix la plus autoritaire.

Deux costauds – larges d'épaules, mais tout de même plus petits que moi – lèvent la tête.

– Monsieur... Euh pardon, Madame ! commence l'un, avant de s'interrompre.

Je n'ai que faire de son regard d'excuse.

– Cette fille, là, poursuit l'autre en indiquant une silhouette au visage dissimulé par une large capuche, elle voulait doubler tout le monde ! Tout ça parce qu'elle prétend avoir quelque chose d'important à vous dire…

– C'est urgent ! Il faut que je parle à une prêtresse.

Je joue des coudes jusqu'à la fauteuse de troubles, qu'un des deux hommes maintient par le bras. Elle lève la tête vers moi, et le capuchon qui recouvrait son crâne glisse en arrière. J'aperçois tout de suite le tatouage en forme de flamme sur sa joue gauche.

Une Sœur de Feu. La méfiance s'éveille aussitôt en moi. Que vient-elle donc faire ici ? Nous n'avons presque aucun rapport avec eux. Je la dévisage – je lui donne le même âge que moi. Sa peau brune est plus claire que la mienne et ses longs cheveux noirs sont attachés en un chignon sommaire.

– Les prêtres sont occupés pour le moment, je réplique d'une voix bourrue. Si vous voulez leur parler, faites la file comme tout le monde !

– Je ne suis pas là pour la Distribution ! déclare-t-elle, se dégageant sans ménagement.

La détermination brille dans ses yeux, aussi sombres que les miens, alors qu'elle ajoute d'une voix plus basse :

– Vous êtes en grand danger, je dois parler de toute urgence à l'un de vos responsables. Maintenant !

Ce mot claque comme si elle venait de me donner un ordre. Il n'en faut pas plus pour que ma diplomatie disparaisse. Je me campe devant elle – elle m'arrive à peine à l'épaule.

– Je viens de dire qu'ils sont occupés. Vous êtes sourde ou vous le faites exprès ?

La fille me dévisage comme si elle n'en croyait pas ses oreilles. Ça m'est égal, elle n'a qu'à respecter les règles ! De plus, ce ne serait pas la première fois que quelqu'un tente de prendre un prêtre à partie.

Je tourne les talons, satisfaite d'avoir pu clouer le bec à cette Sœur de Feu, qui s'avère en tous points identique à sa magie : sauvage, imprévisible. Incontrôlable. Les prêtres ont bien raison de nous mettre en garde contre…

– UN MONSTRE DE BRUME VOUS FONCE DROIT DESSUS !

Son cri se répercute dans la salle. L'espace d'un instant, le temps semble suspendu. Et puis, c'est le chaos – la foule s'agite, j'entends des cris, des pleurs, des « Sauve qui peut ! » Les gens reculent, avancent, la file se rompt, on se marche dessus.

Et tout ça à cause d'une…

Un grondement s'échappe de ma gorge. Oh, je vais définitivement la mettre hors d'état de nuire, cette fois-ci ! Je me précipite vers elle, mais un groupe de Survivants en panique me barre la route.

– Tirez-vous de là ! je crie.

Peine perdue. Mes cris se perdent dans le tumulte ambiant. Je n'arrive même plus à utiliser mon bâton tant on se presse autour de moi.

La fille recule de quelques pas. Je vois ses doigts glisser vers sa ceinture. Mes battements de cœur s'accélèrent. Je dois parvenir jusqu'à elle avant qu'elle puisse utiliser sa magie ! Posant mon bâton contre le mur le long duquel j'ai été refoulée, j'essaie tant bien que mal de me dégager.

Je bouscule, je pousse, je frappe.

Trop tard, cependant.

Une flamme jaillit soudain des paumes de l'inconnue. La peur s'empare de moi. Qu'envisage-t-elle de faire, exactement ? Je porte la main à mon Vecteur, prête à me défendre, quand elle s'écrie :

– Si vous ne me croyez pas, regardez là-bas !

D'instinct, les regards autour d'elle se portent vers l'horizon.

Vers la mer de Brume.

Le feu s'envole soudain dans le ciel, comme s'il espérait rejoindre les étoiles là-haut. Malgré ma rage, je suis distraite un instant par cet envol, auquel je ne m'attendais pas.

L'arc de lumière déchire la nuit.

Éclaire les alentours de l'aqueduc.

Mon cœur manque un battement.

Car là, dans l'ombre, nageant paresseusement vers nous, se tient le plus gros serpent de mer qu'il m'ait été donné de voir.

– MONSTRE !

Si je pensais que c'était le chaos tout à l'heure, ce n'est rien en comparaison de ce qui se passe à présent. La flamme produite par la Sœur de Feu s'est à peine perdue au loin que je me retrouve à nouveau plaquée contre un des battants de la porte. Des coudes se perdent dans mes côtes, on m'écrase les pieds. Les Survivants se ruent à l'intérieur, en quête d'une protection, mais les apprentis Guerriers postés en travers de l'escalier les empêchent de monter au temple.

Je serre le Vecteur dans ma main. Ma magie s'éveille en réponse. Immédiatement, un large halo bleuté m'entoure, repoussant avec force les intrus se pressant contre moi. Désormais libre de mes mouvements, je fonce vers Amani. Je la vois donner des ordres aux prêtres et apprentis pour gérer le tumulte de la salle.

– Qu'on ouvre les portes latérales ! Regroupez les Survivants dans la pièce adjacente !

– Amani !

Elle se tourne vers moi.

Mon halo se mêle au sien, dressant autour de nous une barrière infranchissable.

– Qu'as-tu vu ? me demande-t-elle aussitôt, ce qui ne m'étonne guère. De sa position à l'autre bout de la salle, difficile d'apercevoir quoi que ce soit à l'extérieur.

– Il faut donner l'alerte tout de suite ! Serpent de mer droit devant et… il est gigantesque !

Elle hoche la tête d'un air décidé, faisant un signe à l'un des apprentis. Quelques secondes plus tard, une cloche résonne dans le temple tout entier, bientôt suivie par d'autres. Les apprentis se divisent en deux groupes : l'un escortant tant bien que mal les Survivants dans la salle qui leur servira de refuge alors que l'autre – tous des Guerriers, naturellement – se met en formation de combat. Je m'apprête à les rejoindre quand Amani me retient :

– Qui t'en a informée ?

– Une Sœur de Feu, je réponds avec une grimace. Elle voulait absolument…

C'est alors que j'entends dans mon dos :

– Prêtresse ! Prêtresse !

Je me retourne. La petite rusée s'est glissée dans mon sillage et gesticule à présent à la limite du halo.

– Je vous en prie, déclare-t-elle, il faut que vous m'écoutiez !

Amani me jette un regard lourd de sous-entendus avant d'élargir le cercle bleuté qui nous entoure, attirant la Sœur de Feu en son sein. La prêtresse s'assure ainsi que notre conversation ne sera pas entendue des autres et, en même temps, elle neutralise la magie de l'étrangère si cette dernière désirait s'en servir contre nous. J'éprouve un pincement au cœur en songeant que j'aurais pu en faire de même plus tôt. Si seulement je me montrais parfois moins impulsive et réfléchissais avant d'agir…

Trop tard pour les regrets.

– Je vous écoute, déclare Amani. Qui êtes-vous, d'abord ?

– Je me nomme Intissar, je viens du Sanctuaire de Sophia.

Je lève les sourcils. Il faudrait deux jours complets de navigation à Pylos pour l'atteindre – et ce, sans aucun obstacle sur sa route. Pourquoi une Sœur de Feu viendrait-elle d'aussi loin ? Tout ça pour nous avertir de la présence d'un serpent géant ?

Le même doute doit poindre dans la tête d'Amani.

– Héra me dit que vous nous avez informés juste à temps d'une attaque de monstre…

Elle hoche la tête, et gesticule de plus belle :

– Oui, mais ce n'est pas le plus important ! Un danger bien plus grand vous guette.

Elle prend une profonde inspiration avant de se lancer :

– Le monstre n'est qu'une diversion. Derrière se dresse une vague de Brume.

– Une quoi ? je demande aussitôt.

Intissar laisse échapper un bruit de frustration.

– Je ne peux pas la décrire autrement ! Je l'ai aperçue la nuit dernière et ce qu'il y a à l'intérieur est terrifiant.

Complètement déroutée par cette révélation, je me tourne d'instinct vers Amani. Celle-ci examine la Sœur de Feu d'un regard méfiant. Le silence empli de tension qui règne entre nous trois contraste violemment avec l'agitation qui domine le temple tout entier. Je ne peux pas m'empêcher de jeter des coups d'œil aux autres apprentis – les Guerriers et

Guerrières se préparant au combat contre le monstre alors que les Guérisseurs s'activent en coulisses, rassemblant de quoi soigner les éventuels blessés. Je devrais être avec eux, et non pas ici, à palabrer avec une étrangère qui dit toutes ces choses incroyables… Mais je me tais. Si Amani requiert ma présence à ses côtés, c'est pour une bonne raison. Heureusement que Pylos est à l'abri au sein du temple, ai-je le temps de songer avant qu'Amani reprenne la parole :

– Si je comprends bien, vous avez accompli tout ce chemin parce que vous vouliez nous avertir de cette… vague de Brume ?

La fille s'agite de plus en plus, jetant des regards fréquents vers l'extérieur. Soit elle dit vrai et dans ce cas, nous devons faire face à une menace inconnue, soit c'est une fichue menteuse.

Voire quelqu'un qui nous veut du mal. Amani m'a déjà parlé de ces sectes qui adorent les monstres au lieu de les redouter, persuadées que c'est là l'incarnation de dieux nouveaux. Qui sait ce que ces illuminés peuvent avoir en tête ?

– Oui ! répond Intissar.

– Et comment savez-vous qu'il faisait route vers nous ? D'ailleurs, de quelle manière êtes-vous arrivée aussi rapidement ici si vous l'avez aperçu il y a vingt-quatre sabliers ?

Je jubile intérieurement face à la perspicacité d'Amani alors qu'Intissar demeure bouche bée. Elle se ressaisit vite cependant :

– Vous n'êtes pas les seules à posséder une magie puissante ! Nous pouvons la contrôler…

Amani ne répond pas, esquissant une moue dubitative. Elle a raison : les Sœurs et Frères de Feu ne sont pas particulièrement réputées pour leur discipline. Alors, nous faire croire qu'elles peuvent maîtriser leur élément comme nous le faisons avec notre eau consacrée…

Intissar doit percevoir nos soupçons, car elle insiste :

– Je vous promets que c'est vrai ! Je n'ai aucun intérêt à vous mentir !

– À part semer le chaos ici ? réplique Amani. Les vôtres ont toujours été jaloux de notre temple…

Elle ne prête pas attention au « Non ! » de protestation de son interlocutrice et continue :

– Et je ne vois toujours pas ce que vous entendez par « vague » de Brume. Qu'est-ce, au juste ?

Pour la première fois depuis que je l'ai aperçue, la crainte brille dans les yeux noirs d'Intissar. Elle me jette un rapide coup d'œil, comme si elle espérait solliciter mon soutien. Elle peut toujours rêver !

– C'est… Je peux pénétrer dans le monde des esprits et…

Elle n'a pas l'occasion d'en dire davantage. Amani s'esclaffe – un son brut, où n'entre aucune joie.

– Absurde ! C'est bon, j'en ai assez entendu !

La fille ouvre la bouche, mais Amani effectue un geste brusque en sa direction. Intissar écarquille les yeux, ses lèvres remuent, mais aucun son n'en sort. Amani vient de la rendre muette.

– Conduis cette agitatrice dans mon bureau et fais en sorte de l'immobiliser. Je tirerai cette affaire au clair dès que nous nous serons débarrassés du monstre.

– Bien.

C'est avec un plaisir non dissimulé que j'abats ma main sur l'épaule de la Sœur de Feu, qui essaie toujours de retrouver la parole. En vain. Tant que le halo bleuté se maintient autour d'elle, elle peut toujours essayer !

– Héra ?

Je me tourne vers la prêtresse.

– Fais au plus vite. Nous allons avoir besoin de tes services.

Pas la peine de me le dire deux fois ! Je hoche la tête avant de pousser mon fardeau vers les escaliers.

5

INTISSAR

« J'écris cette lettre sans savoir si elle sera un jour lue. Certains diront que c'est un gâchis de papier. D'autres, un gaspillage d'encre. Mais il faut que je l'écrive. Que je me sente vivant pour une fois, depuis tout ce qui s'est passé. Je l'écris pour moi-même. Je n'ai plus personne à qui l'envoyer. »

Extrait d'une missive, auteur inconnu –
Retrouvée dans un Sanctuaire abandonné, un an après le Bouleversement.

Jamais je ne me suis sentie aussi impuissante.

Seule, faite prisonnière et ma magie neutralisée par ce cercle azur qui me tient. Par réflexe, j'essaie de glisser la main vers le sac d'Éclatante, mais l'apprentie qui me surveille le voit aussitôt.

– N'y pense même pas !

Et de me tordre le bras en arrière, m'arrachant un cri de douleur. La corde qu'elle noue autour de mes poignets blesse bien davantage que ma peau – c'est toute ma fierté de Sœur de Feu qui est mise à mal. Alors que ma geôlière – Héra, si j'ai bien compris son nom – me pousse en avant, je songe avec amertume à mes actions passées.

Aux paroles de Maïlyne.

Pourquoi ne l'ai-je pas crue ? Pourquoi ai-je fait la sourde oreille ? Dire que je pensais, par ce geste, prévenir une catastrophe et sauver la peau de ces prêtres arrogants... Je baisse la tête, honteuse.

Je vais me retrouver captive ici, sans aucun espoir que quelqu'un vienne à mon secours. Et la catastrophe que j'ai aperçue la nuit dernière va nous frapper de plein fouet, que je le veuille ou non.

J'aurais dû me montrer plus égoïste. J'aurais dû fermer les yeux, comme ces prêtres si aveugles, si certains de détenir la vérité ! Je l'ai vu dans le regard de la prêtresse qui m'a interrogée – cet orgueil, cette suffisance, cette conviction d'en savoir plus que moi sur la magie.

N'a-t-elle donc jamais aperçu de spectre ?

La réponse me vient tout de suite – non, bien sûr que non. Pourquoi les aurait-elle aperçus ? Les esprits égarés ne recherchent pas le contact de l'eau, mais celui du feu. La lumière, la chaleur qu'il peut leur offrir. Ce n'est pas ici que les esprits les auraient trouvés !

Mon humiliation se teinte de colère, à présent. Si seulement je n'étais pas aussi désarmée, si j'avais accès à ma magie… Je leur montrerais de quoi je suis capable !

– Avance ! grogne Héra dans mon dos, m'obligeant à accélérer encore le pas.

Je tourne la tête vers elle et lui décoche un regard noir dont elle n'a cure. Autour de nous, c'est l'effervescence – des apprentis courent dans les escaliers, leurs Vecteurs dansant autour de leur cou. Certains sont en robes bleu clair alors que d'autres sont vêtus, comme Héra, de tuniques courtes et de jambières en cuir. Des uniformes impeccables – aucun trou, aucune éraflure. Je me mords la lèvre – à côté d'eux, je dois paraître misérable avec ma robe qui a connu des jours meilleurs et mon manteau qui a tellement été reprisé qu'il est impossible de distinguer sa couleur d'origine.

– Héra ! l'interpelle une apprentie Guerrière, repoussant d'un geste sa longue tresse blonde. Elle me jette un regard surpris au passage avant de demander :

– Tu ne nous accompagnes pas ?

– Je dois d'abord me débarrasser d'un paquet encombrant, grogne celle-ci. Je vous rejoins après.

Un paquet encombrant ?

Je m'arrête net.

Héra me rentre dedans un instant plus tard.

– Outch !

Si elle était de la même taille que moi, je lancerais ma tête en arrière pour tenter de l'assommer.

Heureusement, Maïlyne m'a aussi appris à me défendre contre des adversaires plus imposants que moi. Je soulève mon pied avant de le laisser retomber, talon en arrière, sur les orteils d'Héra. Un cri de douleur m'apprend que j'ai touché ma cible.

Le cercle pulse en réponse, mais avant que je puisse enfoncer mon coude dans ses côtes, je me retrouve clouée sur place, comme si mon corps tout entier était pris dans un glaçon.

Moi qui me plaignais de mon impuissance tout à l'heure, c'est encore pire !

Héra se plante devant moi. Son regard est furieux, sa bouche dessine une grimace comme si elle voulait m'arracher la tête.

– Tu cesses ça tout de suite, m'ordonne-t-elle en grondant, si tu ne veux pas que je te transporte dans ta cellule et que je te laisse comme ça, compris ?

Avant que je ne puisse réfléchir à une réplique bien sentie – à défaut de pouvoir la dire – un jeune homme s'arrête à notre hauteur, une lueur malicieuse dans les yeux.

– Besoin d'un coup de main ?

– Tybalt, reste en dehors de...

Sans même l'écouter, ledit Tybalt étend la main vers moi. Le halo qui en naît percute de plein fouet celui d'Héra. Le choc semble se répercuter dans chacun de mes os. Je crie.

Avant de me sentir brutalement libre.

Il y a un instant de flottement.

Je suis la première à reprendre mes esprits.

Je fonce droit vers Tybalt. Une expression de surprise se peint sur son visage. Il recule d'instinct… me laissant l'espace nécessaire pour filer.

Je sens des doigts me frôler sans trouver de prise. J'accélère le pas, monte les marches quatre à quatre. J'entends des exclamations de colère derrière moi.

– Rattrapez-la !

Mais les apprentis sont bien trop occupés à répondre au branle-bas de combat pour se soucier de moi. J'esquive sans difficulté les rares individus qui tentent de se mettre en travers de ma route. Je continue ma course folle. J'ignore où mène cet escalier, mais, une chose est sûre, je ne veux certainement pas finir dans une geôle !

Plus facile à dire qu'à faire, cependant.

Mon souffle devient court, mon cœur tambourine dans ma poitrine et je me sens ralentir. Profitant d'un moment où personne ne descend, j'avise un renfoncement dans la pierre et m'y dissimule afin de reprendre ma respiration.

Soudain, je sens un tremblement sous mes pieds.

La pierre tout entière vibre. Des cris de détresse résonnent à l'extérieur.

Si seulement j'avais agi d'une autre manière ! Je pourrais être sur le débarcadère en ce moment même et protéger les Survivants…

– Te voilà !

Héra surgit dans ma cachette, me saisit par le bras, me ramenant vers elle avec une telle force que je laisse échapper une plainte.

– Toi, tu ne perds rien pour attendre ! Me faire perdre mon temps de cette manière…

J'essaie de me débattre, mais c'est impossible – surtout avec les poignets noués dans le dos.

– Tu me fais mal ! je proteste, adoptant par réflexe son ton familier.

– Si tu penses que cela me préoccupe, grogne-t-elle, me soulevant de terre et commençant l'ascension.

Elle ne me pose au sol que lorsque nous sommes arrivées au palier, et me pousse aussitôt dans un couloir étroit.

– Par là et…

Soudain, elle s'arrête net. Je ne tarde pas à comprendre pourquoi. Dans le corridor, où seule la lumière d'une sphère bleutée règne, la Brume commence à se répandre.

Nous demeurons toutes les deux immobiles.

Tétanisées.

Je contemple, bouche ouverte, la langue de Brume qui vient de s'infiltrer par une mince ouverture dans le mur. Le filament évanescent gagne en consistance et je le vois avec horreur se balancer de droite à gauche, comme s'il essayait de repérer les lieux.

Si j'étais en ce moment même dans le monde des esprits, nul doute que je pourrais discerner les mêmes mains, les mêmes bouches ouvertes que j'ai aperçues la nuit dernière.

La vague vient de s'infiltrer dans le temple et je ne doute pas qu'elle ait un but précis pour venir ici – mais lequel ?

Héra prend une profonde inspiration dans mon dos.

L'instant d'après, nous voici toutes deux emprisonnées à l'intérieur d'une bulle d'un bleu soutenu.

– Qu'est-ce que c'est ? souffle Héra.

Je me retourne vers elle. Heureusement, elle ne m'a pas constituée de nouveau prisonnière – du moins pour le moment.

– C'est exactement ce dont je parlais tout à l'heure ! C'est ce que j'ai vu au Sanctuaire de Sophia… Ah, si vous m'aviez écoutée, ta prêtresse et toi, on n'en serait pas là !

– Ah oui ? réplique-t-elle. Et qu'aurais-tu fait…

Un cri s'élève, nous interrompant. Une voix d'homme. Héra demeure saisie. Puis l'horreur s'inscrit sur son visage.

– Pylos ! hurle-t-elle.

La porte d'une des pièces s'ouvre brusquement dans le couloir.

J'ai juste le temps d'apercevoir un visage buriné, déformé par l'angoisse. Héra élargit immédiatement la bulle qui nous entoure.

L'homme se retrouve englobé à l'intérieur. Il demeure un instant sans réaction avant de se précipiter vers Héra et de la prendre dans ses bras.

– Tu m'as sauvé la vie, crevette !

Héra ne répond pas, la mine bouleversée.

Je détourne la tête, par pudeur.

– Oh !

La Brume est parvenue jusqu'à nous.

Le cœur battant, je la vois ramper sur la surface de la bulle de protection, tâtonner comme si…

– Elle recherche une faille, je murmure.

Je jette un coup d'œil à Héra. La sueur perle à son front, elle semble accomplir un effort considérable pour maintenir le cocon protecteur qui nous entoure. Je me souviens de l'être qui cherchait à me dévorer… Cette Brume sent-elle notre présence ?

– Laisse-moi t'aider avec ma magie.

– Non !

Elle ne va pas tenir longtemps à ce rythme, c'est évident.

– Héra, souffle Pylos, le regard écarquillé par l'angoisse. On peut se réfugier à la fontaine sacrée, ce n'est pas très loin, et la Brume ne s'en approchera pas.

J'imagine qu'il parle de la source de la magie des prêtres. Ce n'est pas un mauvais plan. Il nous faut prendre une décision – et vite. Héra chancelle.

– Je n'ai jamais rien… ressenti de tel, murmure-t-elle d'une voix hachée. Comme si on m'attaquait de toutes parts !

Je songe aux créatures prisonnières de la Brume.

– Laisse-moi utiliser ma magie. Je pourrais protéger notre fuite.

Héra hésite. Pylos lui décoche un sourire qui se veut rassurant.

– Fais-lui confiance, crevette !

– D'accord. À trois… Un, deux…

L'Éclatante s'enflamme au moment où Héra rompt la bulle avec un grand cri de soulagement. Le feu fait aussitôt barrage aux filaments de Brume se dirigeant vers nous. Je plaque Pylos contre moi. Il tremble de tous ses membres.

Héra repousse par des jets ciblés la Brume derrière nous, nous ménageant un espace de survie.

– On monte ! hurle-t-elle, se dirigeant vers l'escalier.

Je m'empresse d'obéir, poussant Pylos devant moi, le protégeant d'un rempart de flammes et d'étincelles.

Je ressens à cet instant ce qu'Héra voulait dire tout à l'heure – cette Brume n'est pas celle que j'ai l'habitude de combattre. Il y a là une volonté féroce de destruction. Je ne peux pas les voir, pas sans pénétrer dans le monde des esprits, mais j'entends les claquements de dents, les ongles griffant l'air, vibrant à mes oreilles.

Un seul faux pas et c'en est fait de nous.

La Brume nous talonne alors que nous montons l'escalier quatre à quatre. Elle s'infiltre au-dessus de nos têtes, cherchant à nous piéger.

Héra la repousse tant qu'elle peut, vagues turquoises laminant les tentacules évanescents.

– Encore un effort ! Nous y sommes presque !

Et, en effet, le palier est en vue. Je presse Pylos, qui trébuche presque sur une marche, se rattrape in extremis.

Est-ce mon imagination qui me joue des tours ou le sol tremble-t-il sous mes pieds ? Je n'ai pas le temps de m'interroger cependant.

Un hurlement déchire l'air.

Par réflexe, je retiens Pylos contre moi alors qu'Héra, surprise, relâche un instant sa garde.

Pylos crie son nom – juste à temps pour la prévenir d'une attaque vicieuse de la Brume.

– Par ici ! je déclare.

Elle se rapproche de nous, tremblante.

– Dos à dos, ce sera plus facile, souffle-t-elle.

J'obéis, Pylos contre nos flancs, et c'est dans cette position que nous progressons. Un cercle extraordinaire se forme autour de nous – liquide azur doublé d'une ceinture enflammée. Jamais je n'ai vu une telle chose. En d'autres circonstances, j'admirerais le spectacle, mais ce que je découvre quand nous nous approchons de la fontaine me soulève l'estomac.

Au centre de la pièce, un homme flotte dans les airs. La Brume s'est emparée de lui, formant des cordes qui se sont nouées autour de ses poignets et de ses chevilles, écartant ses membres. Je le contemple, horrifiée.

Que s'est-il passé ?

– Andrès ! s'écrie Héra.

Il tourne le visage vers nous. Ses traits sont déformés par la terreur.

La plainte qui jaillit de sa bouche me vrille le cœur.

On le torture sous nos yeux.

C'est insoutenable.

Héra envoie des jets puissants de magie bleue, mais la Brume réagit avec une rapidité incroyable, emportant sa victime à l'autre bout de la pièce. Andrès se tait brutalement, sur un dernier hoquet. Il ne se débat même plus. Et ce silence, cette immobilité se révèlent encore plus terrifiants que la scène à laquelle nous venons d'assister.

Des vibrations sourdes continuent à parcourir la pierre sous nos pieds, mais je n'y prête pas attention.

– Andrès ? souffle Héra.

– Il est mort, murmure Pylos qui plaque ensuite une main tremblante sur sa bouche.

Les liens qui maintenaient le prêtre captif le lâchent soudain. Il s'effondre à terre. Héra essaye de se précipiter vers lui, mais je la bloque dans son élan.

– Ne t'en approche pas !

Pylos la retient contre lui. Nous contemplons sans mot dire le cadavre à quelques pas de nous.

La Brume l'a dévoré vivant.

La Brume qui cerne à présent la fontaine sacrée.

J'enfonce mon coude dans les côtes d'Héra.

– Regarde !

Boum.

La pierre vibre, au point que nous manquons tous les trois perdre l'équilibre. Pylos crie, se rattrape à nous deux. Un tentacule s'élève en direction de la fontaine, tâtant, cherchant.

– Mais qu'est-ce qu'il veut ? souffle Héra. La fontaine tout entière est en olympite, aucune chance que la Brume puisse l'atteindre…

Elle s'interrompt net quand la Brume étend un filament vers le bord du bassin. Je le vois éviter le contact direct avec la pierre ou avec l'eau.

Il oscille encore et se rapproche…

– Là ! crie Pylos. Qu'est-ce que c'est ?

Du coin de l'œil, je vois Héra blêmir.

– Le tuyau donnant accès au réservoir.

Et je comprends soudain où la Brume veut en venir – si elle réussit à s'infiltrer jusqu'au réservoir, forçant les loquets, elle aspirera vers l'extérieur toute la Brume contenue à l'intérieur du cube. Gagnant en force et en intensité, nous emprisonnant dans cette pièce jusqu'à ce que notre magie soit épuisée et…

Nouvelle vibration sous nos pieds. Mon souffle se bloque dans ma gorge.

Pylos se plaque contre nous deux. Son regard est empli de terreur et le mien ne doit pas en être loin. Pour la première fois depuis que j'ai posé le pied ici, je ne suis plus sûre de pouvoir ressortir vivante de cet endroit.

Nullement perturbée par ce qui se passe au-dehors, la Brume soulève le loquet ouvrant l'accès au tuyau.

– Non ! hurle Héra.

Elle tente de lancer une nouvelle attaque, mais elle semble au bout de ses forces. J'essaie de l'aider quand un coup de butoir encore plus violent que les autres me projette à terre.

Le feu s'éteint d'un coup.

– Mais qu'est-ce qui se passe ? crie Pylos.

« Le serpent », ai-je envie de lui répondre, mais nul mot ne franchit mes lèvres.

On m'a toujours enseigné que la Brume était une matière inerte, un déchet toxique envoyé par les dieux pour punir l'humanité qui s'était détournée d'eux. Ce à quoi j'assiste en ce moment me prouve le contraire.

Cette Brume est vivante. Tout comme les êtres emprisonnés à l'intérieur.

L'espace d'un instant, une folle idée me traverse. Et si je pénétrais en ce moment dans le monde des esprits ?

Mais il me faudrait ranimer ma magie et…

BOUM.

Le sol se dérobe sous nos pieds.

J'entends le hurlement de Pylos.

La chute des pierres – un cataclysme de fin du monde.

Et la dernière image, celle de la Brume remontant le long du tuyau jusqu'au réservoir.

6

HÉRA

« D'où viennent les monstres ? Certains prétendent qu'il s'agit de l'incarnation des morts durant le Bouleversement, revenus parmi nous pour se venger des vivants. D'autres affirment que ce sont les animaux d'antan, ceux de la mer et de l'océan, déformés, mués en d'affreuses bêtes refaisant surface. La vérité est sans doute ailleurs... »

Ma vie après le Bouleversement,
témoignage d'Eyphaël, Sanctuaire d'Otis.

– Pylos !

Je reprends à peine mes esprits que son nom éclate sur mes lèvres. Un liquide chaud me coule sur la joue, ma tête me fait tellement mal qu'elle semble sur le point d'exploser.

– Pylos !

Un grognement sur ma gauche se fait entendre. Je me relève péniblement sur un coude. Autour de moi, l'air est saturé de poussière. Des pierres sont entassées autour de moi, comme si une force les avait repoussées au dernier moment. Je me souviens alors que ma magie était toujours active quand nous sommes tombés et...

– Pylos !

– Héra ? me répond une voix féminine.

Intissar ouvre un œil, grogne. Ses cheveux noirs sont défaits, elle a le teint cireux, mais elle est bel et bien vivante. Elle prend une profonde inspiration, tousse.

– Où sommes-nous ?

Je regarde autour de moi. Il me faut au moins quelques secondes avant de comprendre que nous avons atterri dans le couloir qui se trouve juste en dessous de la salle de la fontaine.

La Brume !

Je lève la tête. Par le trou béant qui s'étale au-dessus de nous, je peux voir les filaments évanescents se regrouper en une masse qui s'apprête à nous pulvériser. Nous emprisonner. Nous dévorer de l'intérieur, comme elle l'a fait avec Andrès.

Je me relève aussi vite que je le peux, ignorant la douleur qui parcourt tout mon corps. J'aide Intissar à en faire de même.

– Vite, nous devons...

Mais à ce moment, un jet azur frappe de plein fouet la vague sur le point de nous attaquer. Un jet puissant, qui ne lui laisse aucune chance.

Je regarde derrière moi. Demeure bouche bée devant les prêtres et prêtresses qui marchent vers nous, Vecteurs à leur cou, repoussant sans flancher notre adversaire.

C'est tellement inespéré, tellement inattendu que je pourrais m'effondrer en larmes.

C'est alors qu'un éclat de couleur, dans les remblais de pierre autour de nous, attire mon œil. Je le fixe sans comprendre ce dont il s'agit. Étonnée que mon cœur se serre soudain comme s'il avait décidé de ne plus battre.

– Héra !

La voix d'Amani.

Je voudrais relever la tête, lui expliquer ce qu'il s'est passé, mais je ne parviens pas à détacher mon regard de ce que je vois.

Je me laisse tomber à genoux. Mes mains écartent les pierres. J'ai le sentiment d'être totalement détachée de mon corps, comme si quelqu'un d'autre avait décidé de prendre les commandes.

– Héra, non !

On me tire en arrière, on veut m'éloigner de…

– PYLOS !

Je crie son nom. Je sais désormais ce qu'est cet éclat de couleur. Le foulard qu'il aimait porter autour du cou. Un foulard qui, comme son propriétaire, est désormais enseveli sous les décombres.

On me restreint, je me débats, je sens des mains se poser sur moi, me maintenir à terre.

Pylos. Il ne peut pas… Non.

– Emmenez-la à l'infirmerie ! ordonne Amani.

Je crie.

Il me semble que je ne vais jamais pouvoir m'arrêter.

Douze sabliers plus tard

– J'espère que tu réalises à quel point tu as eu de la chance !

Ayrell entoure mon front d'une épaisse bande de gaze, maintenant le pansement contre ma peau. Je ne réponds pas.

Je la laisse me manipuler telle une poupée.

Depuis qu'on m'a collée de force dans ce lit, des liens magiques me restreignant jusqu'à ce que je parvienne à me calmer, je ne parviens pas à réagir à ce qui m'entoure. Comme si tout ce qui venait d'arriver n'était qu'un épouvantable cauchemar.

Comme si j'allais me réveiller d'un instant à l'autre.

Hélas, les morts, eux, ne se réveilleront pas.

Du coin de l'œil, j'aperçois Ayrell se mordre la lèvre en un geste nerveux. Elle jette un regard de l'autre côté de la salle, où Ellène se trouve. Elle a été blessée durant l'attaque du serpent, qui s'est enroulé autour d'un des piliers soutenant l'aqueduc. Heureusement, avec l'aide d'une attelle et de soins réparateurs, cela devrait s'arranger. Une partie de moi-même est heureuse pour elle.

Mais je ne parviens pas à l'exprimer à voix haute.

Je n'y arrive pas. Pas après ce que j'ai vécu.

– À présent, à ton tour ! s'exclame Ayrell d'un ton forcé, en se dirigeant vers Ellène.

– Vas-y doucement, d'accord ?

– Qui est la Guérisseuse de nous deux ? Toi ou moi ? réplique Ayrell, mains sur les hanches.

Je me cale contre les coussins et ferme les yeux, laissant le bruit familier de leurs chamailleries me bercer. Je sais qu'elles voudraient que je leur dise quelque chose, que ça les rassurerait.

Mais je n'arrête pas de penser au visage de Pylos quand nous sommes tombés. À cet éclat de couleur entre les pierres écroulées. Au corps gisant en-dessous.

J'aurais dû le sauver.

J'aurais pu éviter tout cela.

Si je l'avais plaqué contre moi avant notre chute, ma magie l'aurait protégé comme elle l'a fait pour moi et Intissar. D'instinct, je me tourne vers elle, qui dort encore dans son lit d'infirmerie. Un halo bleuté s'élève autour d'elle, signe qu'elle ne peut pas poser un pied en dehors de son lit.

Un enfermement qui doit être l'œuvre d'Amani.

Une vue qui me révolte. Amani n'était pas là quand nous avons été attaqués par la Brume, elle n'était pas là quand Intissar a protégé Pylos.

Je sais que je suis injuste, mais je ne peux pas m'empêcher d'y penser.

Et quand ce n'est pas la vue de Pylos qui me torture, c'est la haine qui se réveille.

Haine contre ce serpent.

Haine contre la Brume.

Jamais je n'aurais cru que ma peur instinctive pour ce que je considérais encore hier comme un déchet toxique aurait pu s'effacer. C'est pourtant le cas. À la place, c'est de la haine. De la fureur et de l'incompréhension aussi.

Comment un monstre a-t-il pu se comporter de cette manière, alors que d'ordinaire, quelques attaques magiques suffisent pour les décourager ?

De quelle manière la Brume a-t-elle pu s'infiltrer ici, comme si elle était guidée par quelqu'un, ou comme si elle possédait une conscience bien à elle ?

C'est incompréhensible.

Je repense soudain à l'avertissement d'Intissar. À cette vague de Brume dont elle parlait.

Je tourne la tête vers elle, rouvrant les yeux. La dévisageant. Il faut que je lui parle. Que j'obtienne des réponses.

Sinon, je vais devenir folle.

Plus tard dans la journée, quelques nouvelles me parviennent.

Les dégâts matériels s'avèrent importants : le pilier visé par le serpent s'est effondré mais, heureusement, grâce à l'effort concerté de plusieurs prêtres, un échafaudage de fortune a été dressé, empêchant que l'aqueduc ne soit détruit. Les autres se sont occupés du serpent géant, réussissant à le chasser avant de pénétrer à l'intérieur du temple, et de nous trouver juste à temps pour empêcher la Brume de nous dévorer.

Trop tard pour Pylos, cependant.

Les larmes me montent aux yeux soudainement, en une attaque traîtresse que je ne peux pas repousser. J'enfouis mon visage dans l'oreiller, étouffant sanglots et larmes.

Quatorze morts.

Neuf apprentis.

Quatre prêtres et prêtresses.

Et Pylos.

Maigre consolation, l'immense majorité d'entre eux est morte au combat. Tout plutôt que d'avoir subi le même sort qu'Andrès – dévoré vivant par la Brume.

– Héra ?

Je reconnais la voix d'Amani – je ne l'ai même pas entendue entrer, ni même s'approcher.

Je lève la tête de mon refuge improvisé. La prêtresse me dévisage avec une douceur inattendue. Je peux compter sur les doigts d'une main le nombre d'occasions où j'ai vu une telle expression sur son visage.

– Je suis désolée, finit-elle par lâcher.

C'est moi qui devrais être désolée.

Moi.

Ma faute.

Mais rien ne passe mes lèvres.

Amani s'assied sur mon lit, me tend les bras sans un mot. Je m'effondre dans son étreinte.

– Il m'était cher aussi, murmure-t-elle d'un ton si bas que je peux à peine l'entendre.

Je connais l'histoire – Pylos débarquant dans le temple pour me remettre encore tout bébé entre les mains d'Amani.

J'entends son rire, sa voix. Des dizaines, des centaines d'images défilent dans mon esprit.

La douleur est insoutenable.

Après un temps qui me semble interminable, je finis par me redresser. Essuie d'une main tremblante les larmes sur mon visage. Je dois ressembler à un vrai cauchemar, mais je m'en fiche bien.

Amani ne dit pas un mot, mais dans son regard sombre danse une étincelle que je connais bien. Celle qui me dit bien plus que n'importe quelle parole que la prêtresse est de retour, prenant le pas sur la femme qui vient de me bercer.

Ses prochains mots me le confirment.

– Héra, je suis désolée de te presser aussi peu de temps après… Mais il faut que nous ayons une discussion. Toi, moi et…

Elle m'indique Intissar.

Intissar, qui s'est réveillée entre-temps, et me dévisage avec toute la compassion du monde.

Je détourne la tête.

J'essaie de verrouiller mes sentiments au plus profond de moi.

– D'accord, je finis par répondre.

– Bien. Je t'enverrai chercher dans un demi-sablier.

Le trajet à parcourir n'est pas très long entre l'infirmerie et le bureau d'Amani. Je me force à avancer à la suite de la prêtresse.

Je sursaute quand une main légère se pose sur mon bras.

– Je suis désolée pour Pylos, souffle Intissar, son regard braqué sur le mien.

L'espace de quelques instants, je demeure incapable de reprendre mon souffle.

Je finis par hocher la tête avant de poursuivre mon chemin.

Amani s'arrête devant la porte de son bureau et nous invite à y entrer d'un signe de tête. Je ne peux pas m'empêcher de penser que, cette nuit, la Brume envahissait ce même couloir. Que Pylos se trouvait ici quand...

Je serre les dents.

7

HÉRA

« Ce que la Brume prend, elle ne le rend jamais. »
Inscription anonyme, gravée dans le Sanctuaire d'Otis.

Chez Amani, le décor est plus que spartiate – deux chaises posées devant un bureau sans âge. Je m'assieds avec précaution, non sans esquisser une grimace. Je ferme les yeux.

– Ça ne va pas ? me glisse Intissar avant de s'interrompre brusquement, un air désolé sur son visage. Elle doit se rendre compte de la maladresse de sa question.

Je ne dis rien cependant. Je secoue la tête.

Quand je rouvre les paupières, Amani m'observe de cet air compatissant qu'elle m'a déjà réservé à l'infirmerie.

D'instinct, je me redresse sur mon siège. Je ne veux pas être prise pour une victime. Pour quelqu'un qui est trop fragile pour qu'on puisse lui parler et encore moins l'impliquer dans ce qui va suivre.

Car il est impensable que nous n'agissions pas, que nous ne puissions pas tout faire pour en savoir plus sur cette vague de Brume et sur son origine.

Il faut que nous ayons des réponses. Et je suis bien décidée à les obtenir.

– Commençons, déclare Amani après quelques secondes de silence. Je pense d'abord que vous avez des choses importantes à me dire...

Elle se tourne vers Intissar. Celle-ci ne se fait pas prier.

D'une voix d'abord hésitante, puis de plus en plus assurée, elle relate sa fuite dans l'escalier, comment je l'ai rattrapée, le moment où Pylos nous a rejointes, comment la Brume nous a piégés et pourquoi nous étions auprès de la fontaine sacrée. Ses mots se tarissent brusquement quand elle évoque Andrès d'abord, Pylos ensuite.

Je n'ajoute rien. Je sens le poids du regard d'Amani sur moi à plusieurs reprises. Pourtant, je ne trouve pas la force d'articuler quoi que ce soit. Les images dansent dans mon esprit, toutes plus horrifiantes les unes que les autres. Je me mords l'intérieur de la joue quand la douleur se fait trop précise. Trop aiguë.

Andrès ne m'était pas aussi proche qu'Amani ou d'autres prêtresses, mais je l'ai toujours connu. Il était là dès mon arrivée au temple, il m'a vue grandir, m'a consolée quand je chutais dans les corridors de pierre. Plus tard, il m'a encouragée lorsque j'apprenais comment maîtriser la magie. Un homme bon, charitable, un prêtre qui se dépensait sans compter au service des autres.

Il ne méritait pas ça.

Personne ne le mérite.

– Héra ? Héra !

Je me ressaisis difficilement. Mes mains serrent avec force les accoudoirs de ma chaise, des crampes me parcourent le bras.

– Veux-tu faire une pause ? demande Amani, d'une voix qui se veut égale, mais où je sens l'inquiétude poindre. Tu as sans doute surestimé tes forces et…

Je secoue la tête.

– Non. Ça va aller.

Intissar doit sentir mon désarroi et intervient :

– Je sais d'où vient cette vague de Brume. Je sais aussi ce qu'il y avait à l'intérieur.

Quand elle décrit les êtres qui y ont été emprisonnés, leur avidité, mon estomac se soulève.

Mais ce n'est pas ce qui choque Amani.

– Vous prétendez que cette masse avançait toute seule ?

– Non. Il y avait ce… courant d'air qui la portait vers l'ouest. Droit vers votre aqueduc.

Un courant d'air ? Je n'en crois pas mes oreilles.

Amani non plus, à en juger par sa mine.

– C'est impossible. Depuis le Bouleversement, le vent a cessé d'exister.

– Et pourtant je l'ai ressenti ! s'entête Intissar. Il venait de l'est.

Une rougeur soudaine envahit les joues d'Amani. Ses yeux brillent quand elle répète :

– De l'est ?

Elle ouvre soudain un tiroir de son bureau, en sort un immense parchemin. Quand elle l'étale sur son bureau, je comprends qu'il s'agit d'une carte du monde dressée après le Bouleversement. Je contemple l'ouvrage, fascinée. Les courbes d'encre, les annotations écrites d'une main penchée, la précision avec laquelle la carte a été réalisée... Jamais je n'ai vu une telle œuvre. Intissar non plus, à en juger par sa bouche entrouverte d'étonnement.

Pylos aurait adoré pouvoir examiner un document de ce genre.

Heureusement, Amani ne prête pas attention aux larmes qui envahissent soudain mes yeux. Elle cherche du regard quelque chose, jusqu'à ce qu'elle finisse par pointer le doigt sur un point sur la carte.

– Voici le Sanctuaire de Sophia.

Malgré mon état d'abattement, la curiosité me titille assez pour que j'y prête plus d'attention. Sophia ne paraît pas très grand sur la carte. Une flamme y est dessinée, ainsi que sur le Sanctuaire qui lui fait face, Ephialtes. Les deux sont séparés par un mince détroit.

– Et vous affirmez que la vague venait de là ?

Le doigt d'Amani glisse sur la carte.

À l'est de Sophia se dressent quelques Sanctuaires regroupés autour de la fin d'une chaîne montagneuse. Quelques-uns semblent isolés, comme celui de Scyll, qu'orne une étoile. J'ignore ce que ça veut dire.

Et plus loin…

Plus rien.

L'océan de Brume à perte de vue – à une exception près : le mont Olympus.

– C'est bien ça, confirme Intissar.

Amani reste sans réaction pendant un moment, son regard braqué sur le dessin du mont. Je plisse les yeux. Voit-elle donc quelque chose que j'ignore ?

Elle se redresse soudain, enroule la carte en des gestes précis et efficaces.

– Bien. Je pense qu'une visite à Sophia s'impose.

Intissar ouvre de grands yeux.

– D'abord parce que vous devez naturellement être raccompagnée chez vous. Ensuite parce que je veux que votre récit soit confirmé.

La manière dont elle le dit trahit le peu de confiance qu'elle accorde à la Sœur de Feu. Intissar se rembrunit.

– Vous ne me croyez toujours pas ?

– Je n'ai aucune preuve de ce que vous avancez, donc non, je ne vais pas vous croire sur parole.

Et le regard qu'Amani m'adresse en prononçant ces derniers mots me dit assez que je ferais bien d'en faire autant.

– Laissez-moi utiliser ma magie et je vous le prouverai !

Un coup discret résonne alors à la porte du bureau, une apprentie Guerrière apparaît sur le seuil.

– Vous m'avez fait appeler, prêtresse ?

– Oui. Reconduisez mademoiselle (elle indique Intissar) à l'infirmerie. Et n'oubliez pas la barrière autour de son lit.

Intissar semble sur le point d'exploser, mais parvient à se contenir. Poings serrés, lèvres pincées, elle sort du bureau sans un mot ni un regard. La culpabilité m'étreint, l'espace d'un instant. Ce n'est pas juste de la traiter ainsi.

– Arrête de la considérer aussi amicalement, m'admoneste Amani dès que nous nous retrouvons seules. Tu ne sais rien d'elle, ni de ses motivations.

– Avec tout le respect que je te dois, Amani, je réplique, j'étais là quand elle m'a sauvé la vie et quand elle a protégé Pylos. Pas toi.

Amani demeure silencieuse un instant avant de pousser un profond soupir.

– Tu as raison.

Des mots que je lui ai rarement entendu prononcer à mon égard. En d'autres circonstances, j'aurais savouré ce moment. Là, je parviens à peine à décocher un petit sourire. Tout me semble si fade. Si dénué de sens.

Une sensation qui s'envole soudain quand j'entends :

– Héra, je voudrais te laisser en dehors de tout ça. Tu as déjà…

– Non !

La protestation me monte aux lèvres, surprenant Amani.

Je m'en fiche. C'est exactement ce que je craignais – qu'elle me considère comme une victime et non plus comme une Guerrière.

– Non, je répète plus doucement. Je ne veux pas… je ne peux pas rester inactive. Je n'ai pas envie que tu me laisses en dehors de ça, comme tu dis. J'ai besoin de…

Je m'interromps brusquement. Tant de mots me viennent aux lèvres, je ne sais lequel utiliser.

J'ai besoin de connaître la vérité. De savoir ce qu'il s'est passé. Je veux bouger, je ne peux plus rester ici où Pylos est mort, je vais devenir folle sinon et…

– Héra.

Amani me ramène à la réalité d'un mot.

– Je comprends ton désarroi, crois-le bien. Je l'ai vécu dans les premiers jours du Bouleversement. Néanmoins, ce qu'il vient de se produire dépasse ton drame personnel. Nous avons été victimes d'une terrible attaque et j'entends bien trouver le coupable.

Je me retrouve suspendue à ses lèvres. Dans l'attente d'un ordre, d'une mission que je serais capable d'exécuter.

Tout plutôt que de demeurer impuissante, les bras ballants.

– Si cette... Sœur de Feu est digne de confiance, si ce qu'elle dit peut être vérifié...

Bizarrement, je n'éprouve aucun doute quant à ce que nous a confié Intissar. Sans doute parce que ses actes ont amplement prouvé de quel côté elle était. J'ai confiance. Et ça ne m'arrive pas souvent de ressentir un tel sentiment après seulement vingt-quatre sabliers.

– Je dois me rendre à Sophia, poursuit Amani.

– Et si ce qu'Intissar a révélé est vrai ? Que feras-tu ?

Elle plisse les lèvres en une moue indécise.

– J'aviserai sur place. En attendant... Veux-tu te joindre à moi ?

Je suis sur mes pieds en un instant.

– Oui.

Je suis prête à partir maintenant, s'il le faut.

– Bien. Nous quitterons le Sanctuaire demain. Laisse-moi à présent, j'ai encore de nombreuses choses à régler avant notre départ.

J'incline la tête.

Au moment de partir, mon regard accroche un sac de cuir posé contre le bureau d'Amani. Celui que transportait Pylos la veille.

S'il n'avait pas dû le remettre ici...

Je me mords la lèvre. Amani me jette coup d'œil.

– Héra ?

– Qu'y a-t-il dans ce sac ?

Soudain, j'ai besoin de savoir. Savoir si ce que renfermait ce sac en valait la peine.

Amani doit le lire sur mon visage, car elle s'exécute sans un mot. Elle en sort un livre, à l'état impeccable. Même le titre est lisible. *Des Souffleurs et de leurs aptitudes.*

Souffleurs ? Qu'est-ce ?

Je m'apprête à le demander, quand Amani me devance :

– Va maintenant, Héra. Et prends du repos.

Ça ne risque pas d'arriver, je songe, en refermant la porte derrière moi.

8

INTISSAR

« Dans les premiers temps du Bouleversement, après le choc induit par la catastrophe, les Survivants ont essayé de s'organiser. Les premiers à y parvenir sont ceux qui avaient gardé, d'une manière ou d'une autre, leur navire. De marins et de pêcheurs, ils se muèrent en Passeurs, voguant de Sanctuaire en Sanctuaire, déposant passagers, colis et courrier. »

Ma vie après le Bouleversement,
témoignage d'Eyphaël, Sanctuaire d'Otis.

12 sabliers plus tard

– Que les dieux vous protègent. Qu'ils vous accordent la vie éternelle.

Les mots m'arrachent un frisson alors que les premiers rayons du soleil, émergeant de l'océan de Brume tout autour de nous, baignent la scène d'un éclat orangé. Apprentis, prêtresses, Survivants et même quelques Passeurs qui étaient là lors de l'attaque du serpent, tous sont présents. Silencieux. Leurs regards braqués sur les corps emmaillotés, allongés sur des planches, prêts à être livrés à l'appétit de la Brume.

Je détourne le regard.

Hélas, il n'existe plus d'autre manière de donner une dernière demeure à nos disparus que de laisser leurs cadavres s'enfoncer dans l'étendue blanchâtre, évanescente, qui nous cerne de tous côtés.

Du moins selon les Prêtres de l'Eau car, sur Sophia, nous brûlons nos morts.

Mais j'ai la certitude que, si j'avais évoqué cette possibilité aux prêtres du temple, elle n'aurait définitivement pas été bien accueillie.

Je baisse le nez vers mes poignets, liés par une corde épaisse.

Ici, je suis toujours prisonnière. Privée de ma magie. Privée de liberté.

Heureusement que, dès la fin de la cérémonie, nous embarquons sur le bateau de Pylos, l'*Argo*. Normalement, les Passeurs devraient hériter de toutes les possessions de Pylos. C'est la règle quand un Passeur décède. Mais Amani a obtenu une dispense spéciale. J'imagine que les Passeurs ne désirent pas courir le risque de subir la colère des prêtres en cas de refus de leur part.

Je m'efforce de me concentrer sur mon soulagement à l'idée de rentrer chez moi et non pas sur l'accueil que je vais probablement recevoir dès que j'aurais posé le pied sur l'embarcadère. Je doute que Maïlyne me pardonne avec facilité ma désobéissance à ses ordres.

L'air vif et piquant du petit matin me chatouille le nez. En dépit des circonstances, je suis heureuse de me trouver à l'extérieur. Encore quelques sabliers confinée dans ce lit d'infirmerie sans pouvoir poser le pied en dehors et j'allais me mettre à hurler.

– Que les dieux vous accueillent dans l'au-delà !

Le prêtre lève les bras au ciel.

Des apprentis font basculer les planches, les corps glissent droit dans la Brume.

Je jette un coup d'œil à Héra – elle a fermé les yeux.

Mon cœur se serre à la vue de son visage hagard, des cernes violacés sous ses yeux. Si j'avais commencé par la prendre en grippe avant que le serpent de mer ne surgisse, mes sentiments ont changé depuis.

Grâce aux rumeurs que j'ai pu capter çà et là, j'ai compris qu'un lien très fort l'unissait au défunt Pylos. La voir ravagée par sa mort toucherait n'importe qui.

Le public se disperse lentement, les prêtres et apprentis rentrant au temple, les autres en direction de l'embarcadère. Bientôt, il ne reste plus qu'un petit groupe : moi, Amani, Krys – un ancien Passeur devenu prêtre qui va nous mener jusqu'à Sophia – et Héra. Je vois soudain deux apprenties, une grande Guerrière blonde et une autre, plus petite, une Guérisseuse si je ne me trompe pas, s'approcher d'elle. Elles échangent à voix basse quelques mots avant d'attirer Héra dans leurs bras, la serrant fort contre elles deux.

Une manifestation de soutien qui me rappelle directement mes Sœurs et Frères de Feu – les Conseils autour du foyer, les rires et chants, le regard velouté de Saraï, la voix autoritaire de Maïlyne…

Je soupire.

Pourvu qu'il ne leur soit rien arrivé durant mon absence.

Sinon, je ne me le pardonnerais jamais.

– Grimpez à bord !

Krys parcourt en quelques lestes enjambées la planche suspendue au-dessus de la Brume donnant accès à l'*Argo*. J'en ferais bien de même si je n'avais pas les poings liés. Me retrouver privée d'une partie de ma mobilité me fait soudain peur. Et si la planche tangue sous mes pas ? Et si je ne peux pas me rattraper ? Je m'imagine soudain basculer tête la première dans la Brume. Je déglutis avec difficulté.

Krys, déjà sur le pont du bateau, se retourne vers moi. Il doit lire sur mon visage. Sa face ronde s'éclaire d'un sourire et il tend la main vers moi.

– Approche, je vais t'aider…

Il est interrompu par un grondement de mauvais augure.

Je lève la tête et demeure saisie face à la bête qui s'avance sur le pont du bateau en grognant vers nous.

Ce n'est qu'un chien, pas un monstre, il n'empêche – il est singulièrement imposant ! Grand sur pattes, le poil fourni et noir, ses yeux ne lâchent pas Krys : il ne semble absolument pas disposé à nous laisser pénétrer sur ce qu'il considère sans doute comme son territoire.

Krys blêmit et je ne suis pas loin d'en faire autant, quand un cri retentit derrière moi :

– Cerbère !

Le chien s'arrête de gronder, lève les oreilles. L'instant d'après, il pousse un jappement joyeux. Une ombre me dépasse. Héra s'engage sans peur sur la planche d'accès, sautant sur le pont du bateau.

Le chien lui bondit dessus, elle le reçoit dans ses bras tel un chiot qui aurait grandi trop vite. Ils s'effondrent tous les deux à terre, en un tourbillon de poils et de coups de langue affectueux. Les chuchotements d'Héra me parviennent :

– Là, mon tout beau, du calme…

Krys, qui s'était réfugié près de la lisse du bateau, l'interrompt :

– Tu es sûre que tu peux le maîtriser ? Il ne vaudrait pas mieux le laisser ici ?

Héra lui adresse un regard furieux. Son ton est tranchant quand elle réplique :

– Il n'a jamais connu que ce bateau. Et tu voudrais le lui enlever ?

Elle caresse la tête du molosse.

– Il restera avec nous.

– Ça, c'est à moi d'en décider, intervient Amani qui me rejoint sur le quai.

Héra ne réplique pas. Un duel de regards a lieu entre elles deux, avant que la prêtresse ne pousse un profond soupir.

– Très bien. Mais c'est ta responsabilité, Héra. Si cette bête se montre agressive…

– Elle ne le sera pas. Je m'en occupe.

Je la crois sur parole.

Les premières heures du voyage se passent dans un silence des plus inconfortables. Est-ce la cérémonie de ce matin qui demeure dans nos têtes ou la menace d'une nouvelle vague de Brume ? Je l'ignore. Peut-être les deux. Tout le monde est silencieux, une atmosphère pesante, à peine troublée par les coups de rame de Krys. Je l'observe se servir de la magie et je brûle d'envie d'utiliser la mienne. Sentir le feu s'embraser au contact de ma peau, le flux brillant circuler dans mes veines… De quoi me sentir vivante. Et chasser ce sentiment de vulnérabilité, d'impuissance qui ne me lâche pas depuis les évènements du temple.

Pendant qu'Héra s'occupe de l'intendance et garde un œil sur Cerbère, Amani est plongée dans la lecture d'un imposant volume, très bien conservé. Je me demande à quoi elle pense.

Et surtout, quel impact ont eu mes révélations de la veille sur elle. Me croit-elle ? Et dans le cas où elle doute encore de moi, comment explique-t-elle la Brume s'infiltrant dans le temple ? A-t-elle déjà entendu parler d'une telle chose ?

Les questions sans réponse dansent dans ma tête.

Si j'avais un peu plus d'audace – et si je n'étais pas considérée comme une prisonnière d'une manière aussi visible – j'irais les lui poser.

Il y a tant d'informations, de connaissances qui se sont perdues depuis le Bouleversement, a l'habitude de me dire Maïlyne. Je m'en rends seulement compte maintenant. Le silence qui existe entre Prêtres de l'Eau et Sœurs de Feu n'arrange pas les choses. Si seulement nous pouvions coopérer davantage !

L'*Argo* ralentit soudain l'allure. Amani relève le nez de son livre.

– J'ai besoin d'une pause… et de recharger mon Vecteur, déclare Krys.

J'observe le prêtre se diriger vers un des tonneaux qui ont été embarqués ce matin. Il soulève le couvercle. L'eau consacrée, source de la magie, renvoie un reflet bleuté sur son visage. Krys prend le temps de remplir la première capsule de son Vecteur.

La seconde est emplie de Brume jusqu'à ras bord.

Je me demande bien comment il va la vider. Ont-ils aussi emporté… ?

– Sers-toi de ceci, indique soudain Amani en lui tendant une petite jarre d'olympite.

Décidément, cette femme a tout prévu !

Je lève les yeux vers le ciel, d'un bleu sombre à présent que la nuit approche. J'ignore si Aïstos peut percevoir les prières que je lui adresse.

Accorde-nous ta grâce. Accorde-nous un passage sûr jusqu'à Sophia.

Fais en sorte que mes Sœurs et Frères puissent m'accepter à nouveau parmi eux sans colère dans leurs cœurs.

J'hésite avant d'ajouter : *Et protège-nous de la Brume.*

Je me réveille en pleine nuit, brusquement tirée du sommeil par des voix.

Héra ronfle à mes côtés, accompagnée par Cerbère qui s'est immiscé entre nous deux. Je tourne discrètement la tête de l'autre côté, d'où proviennent les murmures.

– Chut ! Baisse d'un ton !

Je m'immobilise, le souffle court. À quelques pas de ma couche, se faisant face, chacun assis sur un banc de rame, Amani et Krys sont plongés en pleine conversation.

– Très bien, ronchonne le prêtre. Néanmoins, tu te rends compte de ce que tu avances ? C'est de la folie !

– Vraiment ? réplique Amani. Et ce qui nous est tombé dessus il y a peine deux jours au temple, c'est de la folie ? Des choses qui n'existent pas ? On a rêvé les dégâts au temple et les quatorze cadavres que nous avons dû plonger dans la Brume ce matin, peut-être ?

– Ce n'est pas ce que je voulais dire, tempère Krys avant de passer une main lasse dans ses cheveux poivre et sel.

Un instant de silence s'écoule entre eux.

– Bon, résumons les choses, déclare Krys. Si cet homme, ce Dédale dont tu parles, est bien vivant, tu penses qu'il peut être lié à cette… vague ?

– J'ai la conviction qu'il est toujours là, l'interrompt Amani. Ce n'est pas pour rien que j'avais demandé à Pylos de m'apporter ce livre ! Mais parmi les prêtres, je suis bien la seule. Les autres n'ont jamais voulu me croire. Pourtant, après la disparition d'Alcide, de Mégare et des autres, il y a dix-sept ans, ils auraient dû comprendre !

Son regard se perd dans la contemplation des flammes.

– J'aurais dû y aller avec eux, à l'époque. Si Alcide ne m'en avait pas empêchée…

– Ce qui est fait est fait, intervient Krys. Revenons à ce Dédale. Si tout s'est passé tel que tu le prétends, pourquoi aurait-il attendu aussi longtemps avant de nous frapper ? Ça n'a aucun sens.

Amani hausse les épaules.

– C'est ce que je compte découvrir.

– En te rendant seule au mont Olympus ? Tu penses qu'il y est toujours réfugié ?

Mon souffle se bloque dans ma gorge. Je pensais que notre destination était Sophia ! M'aurait-on menti ?

– Je ne serai pas seule, reprend Amani d'un ton agacé. Dès que nous aurons gagné Sophia et remis Intissar aux siens, je reprendrai la route jusqu'à Scyll. C'est l'un des Sanctuaires les plus prospères de l'Est, qui abrite une communauté de Prêtres de l'Eau. Eskalès et les siens ont été envoyés là-bas afin de pouvoir superviser les travaux du second aqueduc, qui devait se rendre jusqu'au mont Olympus. Bien entendu, avec la catastrophe qui nous est tombée dessus, nos plans sont compromis : il va d'abord falloir reconstruire l'aqueduc du lac Taho. À l'origine, les prêtres de Scyll devaient être rapatriés au temple, mais j'ai obtenu un sursis en ce qui les concerne. Je veux pouvoir compter sur leur aide quand je m'aventurerai jusqu'au mont Olympus pour avoir la preuve que j'attends depuis si longtemps. L'attaque de notre Sanctuaire les convaincra peut-être que Dédale est bien derrière tout ça ! Voilà, tu es satisfait ?

Ma tête fourmille d'informations. Je tends l'oreille afin de ne pas manquer une miette de leur échange.

Krys ne répond pas tout de suite. Je le vois tirer de la poche de sa tunique de cuir un bout de roche noire.

– Ton projet m'inquiète. Et pas seulement le fait que tu souhaites aller au mont Olympus. La communauté de Scyll… Ils m'ont envoyé un message préoccupant.

– Ah oui ? Et comment n'en ai-je pas été informée ?

Krys lève les mains en signe de conciliation.

– Du calme, Amani ! Je l'ai reçu quelques sabliers avant l'attaque du serpent. J'attendais de pouvoir t'en parler tranquillement…

La prêtresse semble à moitié convaincue. Elle tend une main impérieuse vers le bout de roche avant de froncer les sourcils en l'examinant à la lueur du brasero.

– Quel langage… Oh ! Je comprends mieux. C'est le fameux code que vous avez développé entre vous, c'est ça ?

– Exactement, rétorque Krys d'un ton satisfait. Je sais que tu n'as pas encore eu l'occasion de l'étudier.

Amani se renfrogne.

– J'ai d'autres priorités, figure-toi ! Bon, alors, que disent-ils ?

Je plisse les yeux, essayant d'apercevoir le fameux code dont ils parlent. Tout ce que je parviens à voir, ce sont des gravures à la surface de la roche. Est-ce là ce dont ils veulent parler ? Je sais que certains Sanctuaires, par pénurie de papier, ont dû inventer d'autres moyens de communication.

– Ils disent que des rumeurs inquiétantes leur sont parvenues, justement. Une nouvelle secte semble se développer dans les Sanctuaires de l'Est. Une secte qui serait dirigée par…

– Par qui ?

– Les prêtres ignorent son nom, mais les rumeurs font état d'un prêtre-magicien.

Amani se raidit d'instinct.

– On dit qu'il est capable de manipuler l'air…

– Un Souffleur, lâche-t-elle d'une voix étranglée.

Je suis tellement surprise qu'une exclamation m'échappe presque. Ce sont ça, les Souffleurs ? Des gens capables de jouer avec l'air comme je le fais avec le feu ? Jamais je n'en ai entendu parler et encore moins rencontré.

L'image me fascine.

– De plus, cette secte semble différente des autres, poursuit Krys. Elle semble avoir des aspirations politiques. Prendre le contrôle des Sanctuaires, forcer la population à se joindre à eux…

Mon cœur bat fort dans ma poitrine. Je mesure en un instant les répercussions que cela peut avoir sur nous. Nous dépendons d'autres Sanctuaires pour notre survie au quotidien : échanges de denrées et d'eau, sans parler des services qu'ils peuvent nous rendre. Tout cela sera compliqué si une guerre éclate entre Sanctuaires.

Amani semble avoir suivi le même raisonnement.

– Une raison supplémentaire pour me rendre à Scyll, alors. J'en profiterai pour faire la lumière sur cette affaire. Si ce Souffleur et Dédale ne sont qu'une seule et même personne…

– Sois prudente, l'admoneste Krys.

– Naturellement. Bon, il est temps que je cherche le sommeil, clôture Amani en se levant. Tâche de prendre un peu de repos.

– Promis.

Je me dépêche de fermer les yeux et de feindre le sommeil, le temps que la prêtresse s'installe dans sa couche, aux côtés d'Héra.

Mais il me faut un sablier et demi avant de pouvoir me rendormir.

Je suis réveillée en sursaut par un cri.

– Debout, debout ! rugit Krys.

J'entends des grognements à côté de moi. Héra se redresse sur un coude, le regard encore ensommeillé.

– Qu'est-ce qu'il y a ? grommelle-t-elle.

– Gueule Béante juste devant !

Des mots qui sont suffisants pour achever de me réveiller. J'essaie tant bien que mal de me mettre debout, ce qui n'est guère évident avec les mains liées. Heureusement, Héra, qui a bondi sur ses pieds, me tire à elle. Amani se rend auprès de Krys, yeux plissés face aux premières lueurs de l'aube.

Je la rejoins.

À quelques encablures de l'*Argo*, un autre bateau, plus grand que le nôtre et empli de passagers, est piégé dans un tourbillon de Brume.

On pourrait penser qu'il s'agit là d'un courant naturel. Rien de plus faux. Un son caverneux résonne à nos oreilles, comme si une bête gigantesque aspirait tout l'air de l'univers.

Une Gueule Béante vient de créer un tourbillon. Et si nous ne faisons rien, l'embarcation sera aspirée à l'intérieur.

Des suppliques – « Aidez-nous ! » – me parviennent.

Je serre les poings d'instinct avant de me rappeler que je suis prisonnière ici. De plus, Amani a confisqué mon sac d'Éclatante. Impossible d'accéder à ma magie.

J'enrage.

– Je vais… commence Amani, mais Héra l'interrompt aussitôt.

– Laisse-moi m'en occuper !

Les traits crispés en une farouche détermination, elle ne quitte pas l'autre bateau du regard. Elle a déjà refermé son poing sur son Vecteur.

– Je t'en prie, murmure-t-elle.

– Bien, cède Amani. Krys, approche le plus possible du tourbillon.

Les traits d'Héra se durcissent alors qu'elle ajoute à mi-voix :

– Ce monstre va regretter d'avoir croisé ma route.

9

HÉRA

« Chaque magie élémentaire possède ses spécificités. Les Prêtres de l'Eau se spécialisent en deux branches : Guérisseur ou Guerrier. Les Sœurs et Frères de Feu sont capables de projeter des flammes sur une longue distance. Les Souffleurs, quant à eux, affirment pouvoir modifier les conditions climatiques. En revanche, le secret demeure sur les capacités exactes des Semeurs… »

Traité de magie élémentaire –
Cours de base de l'Académie de Mirar.

Alors que Krys manœuvre, muscles tendus sous l'effort, pour se rapprocher du bateau prisonnier du tourbillon, je ne lâche pas ma cible du regard. Du coin de l'œil, j'avise Amani et Intissar qui m'observent. Pensent-elles donc toutes deux que je vais m'effondrer ? Ne pas être capable de manipuler ma magie ? Si c'est le cas, elles ont tout faux. Je brûle de me sentir vivante, d'éveiller le flot azur dans mes veines et de pulvériser la Gueule Béante qui aurait mieux fait de se tenir tranquille.

Une vengeance par procuration.

Pour Pylos. Andrès. Toutes les victimes du temple.

En attendant d'en connaître davantage sur cette vague de Brume qui nous a attaqués.

– Quelle bande d'idiots ! grommelle Krys, assez fort pour que je l'entende.

Je me tourne vers lui, en attendant que nous soyons assez proches pour que je puisse m'attaquer au monstre tapi sous l'océan blanchâtre.

– Tu les connais ?

– Jamais vu de ma vie, du moins jusqu'à cette nuit. Je reconnais l'embarcation en revanche – l'*Orisha*. Un sacré bon rafiot ! J'ignorais que son précédent propriétaire était mort…

Il hausse les épaules, je n'insiste pas. La vie d'un Passeur est loin d'être exempte de tout danger – ce sont même eux qui sont en première ligne, entre les attaques de monstres, les embuscades de pirates et les négociations, parfois plus que houleuses, avec les passagers.

– Il m'a doublé peu de temps avant que l'aube ne se lève, reprend Krys, son attention toujours focalisée sur l'*Orisha*. Je leur ai dit de faire attention, que cette zone était réputée pour être le repaire des Gueules

Béantes, mais penses-tu que ces imbéciles m'auraient écouté, hein ? Sans doute un nouveau Passeur, qui s'est cru invincible parce qu'il a survécu à sa première traversée…

J'étouffe un petit sourire en songeant que Pylos aurait probablement dit la même chose.

– Je ne peux pas m'approcher davantage, précise Krys quelques instants plus tard. À toi de jouer ! me dit-il en clignant de l'œil.

Il ne faut pas me le répéter deux fois.

Je m'avance jusqu'à la lisse du bateau. Le son caverneux, émanant du centre du tourbillon, me vrille les oreilles. Je ferme les yeux et j'empoigne mon Vecteur. Un grondement familier bourdonne dans mes oreilles, avant qu'une onde de chaleur bienfaisante se répande dans tout mon corps. Je l'accueille avec ferveur et avidité. Enfin !

Me sentir vivante. Mieux que ça – puissante.

Comme si je pouvais renverser l'univers d'un geste de mon petit doigt.

Une illusion naturellement, mais qui me réconforte. Surtout après ce que j'ai vécu.

J'ouvre les mains, paumes vers la Brume. Une flèche aussi translucide que mortelle en jaillit. Elle s'enfonce au cœur du tourbillon.

Trouve sa cible.

Une plainte déchire l'air, couvrant les suppliques des passagers.

Je jubile.

La magie émane de moi en un flot incessant. Intarissable. Une énergie brillante, qui a tôt fait d'emprisonner la Gueule Béante dans ses rets.

Jamais je ne me lasserai de ces moments, quand le combat s'engage et que chaque geste compte.

Une autre plainte, plus forte, se mue en un cri presque déchirant, comme si la bête sous nos pieds demandait grâce.

Je serre les dents. Aucune pitié pour toi.

Je vais te réduire en charpie.

Un remous puissant agite la mer de Brume. L'*Argo* tangue dangereusement sous nos pieds, mais je garde l'équilibre.

L'*Orisha* gîte à bâbord – ses passagers hurlent de plus belle. Je perçois même les aboiements d'un chien, un petit roquet qui dépense inutilement son énergie en courant le long du pont.

Un dernier effort, arrachant une nouvelle plainte au monstre que j'étrangle à distance.

Puis le silence.

Le tourbillon s'arrête net.

La Gueule Béante est vaincue.

Pendant quelques instants, le temps semble suspendu.

Je m'aperçois que je suis pantelante, le souffle court. Mes muscles protestent, un fin voile de sueur couvre mon front.

C'est fini.

J'ai vaincu.

Je rouvre les yeux. Mon regard croise celui du capitaine de l'*Orisha*.

Je m'attends à ce qu'il se confonde en remerciements – je les mérite bien ! – mais il garde le silence. Un sourire étrange étire ses lèvres. Un geste qui me met tout de suite mal à l'aise.

Quelque chose cloche.

Le capitaine lâche soudain un mot en langue étrangère – un son rocailleux.

Que se passe-t-il exactement ?

Je suis prête à demander des comptes à l'insolent quand un sifflement aigu déchire l'air.

J'entends une plainte.

Puis le bruit d'un corps qui heurte le sol.

D'instinct, je me tourne vers Krys.

Il gît à terre, une flèche plantée en pleine poitrine. Une fleur pourpre éclôt sur son torse avant de se répandre sur le pont du bateau.

Je demeure figée. Je n'entends plus rien. Je ne vois plus rien – sinon Krys étendu. Immobile. Cerbère se précipite vers lui. Son museau frôle le front du Passeur. Il lui donne des petits coups, comme s'il pouvait le réveiller de cette manière. Puis il relève la tête, me fixe de ses yeux emplis d'incompréhension.

Et c'est alors que je comprends.

Krys est mort.

Sous mes yeux.

Sans que je puisse rien y faire.

J'ai failli. À nouveau.

Un hoquet me monte aux lèvres.

Je voudrais crier, hurler. Aucun son ne sort de ma bouche.

– Oh non, prêtresse, je ne ferais pas ça si j'étais toi, clame une voix inconnue.

Amani !

Au prix d'un effort qui me semble surhumain, je pivote lentement vers elle.

Elle a son poing refermé autour de son Vecteur, mais demeure immobile. Je ne tarde pas à comprendre pourquoi.

Un géant, au moins aussi grand que moi et bien plus large d'épaules, saute à pieds joints sur la rambarde de l'*Orisha*, un sourire mauvais sur ses lèvres.

Son arbalète est braquée sur moi.

– Si tu ne veux pas qu'il y ait davantage de victimes, prêtresse, tu vas faire exactement ce que je te dis.

Des pirates.

Un brouillard aussi épais que la Brume qui a envahi le temple s'est infiltré dans ma tête. Tout semble fonctionner au ralenti. Je ne réalise plus rien – excepté que Krys est mort et que nous sommes en danger.

– Que voulez-vous ? demande Amani d'une voix tremblante.

– Ce bateau, d'abord. Mais ça, c'est déjà fait, sort le géant, en indiquant du menton le cadavre de Krys.

Le brouillard s'envole. À sa place, surgit de la haine pure. Une volonté de détruire tout ce qui se trouve devant moi, à commencer par ce marin, dont les dents gâtées sont exhibées en un large rictus alors qu'il se penche vers Amani :

– Mais on ne va pas s'arrêter là, ce serait dommage. Pour une fois que notre route croise celle d'une Prêtresse de l'Eau...

L'avidité se lit sur son visage.

– Capturer l'*Argo* est déjà une belle prise, mais obtenir en plus deux Vecteurs ? Là, c'est carrément une aubaine !

– Vous ne pourrez pas vous en servir, réplique Amani.

– Oh, c'est ce que tu crois ? (Il penche la tête vers son équipage, sans cesser de me tenir à l'œil.) Tyel, ramène tes fesses ici !

Un autre homme, plus petit mais tout aussi râblé, prend place près du géant. Ses yeux noirs ne lâchent pas Amani.

– Vois-tu, prêtresse, continue le chef de l'*Orisha*, si Tyel n'avait pas été de garde quand nous avons dépassé l'*Argo* cette nuit, s'il n'avait pas reconnu ta robe bleue et qu'il ne m'avait pas persuadé du bien-fondé de la petite comédie que nous t'avons jouée... Hé bien, nous n'aurions jamais fait connaissance ! Avoue que ç'aurait été dommage !

La douleur pulse dans mon crâne.

Dans mon cœur.

Dans tout mon être.

Je me mords les lèvres jusqu'au sang.

Que ne donnerais-je pas pour activer ma magie en cet instant ! J'imagine déjà pulvériser le bateau en face de moi, envoyer tout son équipage dans les profondeurs de la Brume.

Je jette un coup d'œil sur ma droite le plus discrètement possible. Intissar n'a pas bougé. L'expression horrifiée sur son visage m'indique que, comme moi, elle est en état de choc.

J'essaie de souffler son nom.

– Hé là, vous deux !

Le bois vibre sous mes pieds. Le pirate vient de franchir l'écart entre nos deux navires d'un bond. Il s'avance vers moi. Je m'empresse de reculer vers Intissar.

– Pas si vite ! Donne-moi d'abord ton Vecteur.

Je suis bien forcée de m'exécuter.

Un grondement sort de la gorge de Cerbère. Hélas, le pirate n'a pas l'air plus intimidé que ça par cette menace. Au contraire – il fixe Cerbère d'un œil avide.

– Belle bête ! Elle me sera toujours plus utile que le petit roquet que nous avons en ce moment. Hé, mon beau, la vie d'un pirate te tente ?

Cerbère aboie sauvagement.

– Oh toi, je vais prendre du plaisir à te dompter ! se réjouit le pirate avant de nous interpeller, Intissar et moi : Vous deux, maîtrisez-le et attachez-le. Ce serait dommage que j'en vienne à lui faire du mal, dit l'homme qui n'a pas hésité à tuer Krys.

Je serre les dents.

Intissar tend ses mains vers le pirate, en un geste sans équivoque.

– Il faudra me libérer avant.

L'espace d'un instant, je suis certaine que le pirate va refuser – n'a-t-il donc pas identifié une Sœur de Feu au tatouage d'Intissar ?

L'homme l'examine d'un bref coup d'œil, avant de pivoter sur ses talons.

– Tyel ! Viens ici !

Le marin obéit, se déplaçant toutefois avec plus de prudence que son chef.

– C'est aussi une prêtresse ? demande le pirate en désignant Intissar.

Je retiens mon souffle.

Tyel secoue la tête, une étincelle dans le regard.

– Non. On pourra peut-être l'épargner. Elle est déjà plus mignonne que l'autre !

– On verra ça plus tard. Libère-la, qu'elles puissent se charger de ce molosse !

La lame ébréchée d'un long couteau tranche les liens autour des poignets d'Intissar. Elle se précipite à mes côtés, m'aidant à contrôler Cerbère, qui se débat. Il se tortille, se démène tant et si bien que nous peinons toutes les deux à l'emmener vers la cabine centrale et à l'y enfermer.

Je me refuse à considérer la mare de sang qui s'étend autour du corps de Krys.

Plus tard, plus tard, plus tard.

Si je réchappe de ce piège.

Je serre les poings.

– Prêtresse ! l'appelle le chef, en lui faisant signe de nous rejoindre.

Amani s'exécute. Son visage ne trahit aucune expression. Mais ses mains tremblent.

– Remets-nous aussi ton Vecteur !

– Je vous l'ai déjà dit, vous ne pourrez pas vous en servir… Ah !

Tyel l'a frappée. Une gifle magistrale qui la précipite à terre, alors que des rires et des exclamations s'élèvent depuis l'*Orisha*. Amani se retient de justesse à un banc, sa main plaquée sur sa joue.

– Amani ! je crie.

Mais je n'ai pas fait trois pas que je me retrouve nez à nez avec la pointe d'une flèche.

– On ne bouge pas, gronde le pirate.

Tyel contemple Amani avec une satisfaction insupportable à observer.

– Tu doutes de mes capacités, prêtresse ? Sache alors que jusqu'à ce que les tiens m'expulsent du temple il y a cinq ans, je pratiquais la magie autant que toi.

Il étend une main avide.

– Remets-moi ton Vecteur. Et ensuite tu me désigneras le tonneau qui renferme l'eau sacrée. Parce que je suis certain que tu as pris tes petites provisions avant de partir en voyage, hein ?

Je maudis la malchance qui nous a fait croiser ce Tyel. Il est bien trop renseigné pour que nous puissions le tromper.

Et pourtant, je dois l'empêcher à tout prix de mettre la main sur notre magie.

Amani recule, avant de s'effondrer sur un des bancs de l'*Argo*. Un mince filet de sang coule de sa bouche. L'effort qu'elle effectue à ce moment pour se ressaisir est visible.

– Je… je ne comprends pas. Pourquoi tout ceci… Pourquoi vous êtes-vous laissés piéger par le tourbillon ? Vous auriez pu mourir !

L'espace d'un instant, je me demande où elle veut en venir et, surtout, si Tyel ne va pas la frapper de nouveau en constatant qu'elle ne lui obéit pas. Mais le marin répond, avec un petit rire qui me donne d'autant plus envie de le réduire à néant :

– Tu penses que la mort nous fait peur, prêtresse ? Ah, bien sûr, derrière tes murs de pierre et avec ton eau à volonté, c'est plus rare de craindre pour sa vie… Mais quand tu es comme moi, comme nous tous d'ailleurs, avec la Brume pour seul horizon, à devoir mendier chaque jour pour ne pas crever de faim ou de soif, crois bien que tu es prêt à prendre tous les risques !

– Tyel, abrège, grogne le chef.

Mais l'ancien prêtre n'en a pas fini, marchant vers Amani jusqu'à la frôler.

– Et puis on t'a eue, hein ? Je me disais aussi que tu ne pourrais pas t'empêcher de jouer les sauveuses… Si tout se déroulait selon mes plans, on aurait non seulement le bateau, mais aussi ton Vecteur. T'en dis quoi, prêtresse ?

Amani ne répond pas.

L'indignation me fait suffoquer. Ces gens se sont servis de nous, ont joué sur notre volonté d'aider les autres et notre compassion pour nous attirer dans un piège. Un piège qui a coûté la vie à Krys.

Intissar me pousse légèrement du coude. Profitant de la distraction des deux marins, focalisés sur Amani, je penche la tête vers elle.

– Amani… souffle-t-elle si légèrement que je ne parviens presque pas à l'entendre. Ceinture !

Elle n'en dit pas plus. Avec toute la discrétion dont je suis capable, je reporte mon attention sur Amani qui n'a pas bougé, à moitié recroquevillée sur elle-même. Elle paraît complètement pitoyable, brisée, vaincue par la ruse des pirates.

Tyel comme son chef s'y laissent prendre, en tout cas.

Mais Intissar a vu juste. De sa main restée libre, Amani dénoue quelque chose suspendu à sa ceinture. Je comprends mieux pourquoi elle joue les victimes à présent !

– Le Vecteur ! rugit le pirate.

– Oui… Oui… tout de suite, gémit-elle en retour.

Un sac tombe à terre, roule sous le banc. Je crains un instant que Tyel ne l'ait vu, mais il n'a d'yeux que pour le Vecteur qu'Amani enlève de son cou.

Les yeux du pirate s'agrandissent de convoitise.

– Tyel, tu es sûr de pouvoir les utiliser ?

– Même si je ne le peux pas, réplique l'autre, tu sais combien valent ces objets ? Avec ça, mon ami, plus besoin de jouer les pirates ! Nous pouvons acheter toute la flotte des Passeurs !

Une clameur s'élève de l'*Orisha* alors que les pirates rejoignent leur chef sur le pont de l'*Argo*. Intissar profite de leur arrivée pour se coller un peu plus à moi.

– L'Éclatante, me glisse-t-elle. Le sac !

Je n'ai pas le temps de réfléchir ou même d'élaborer un plan : il faut que je fasse diversion pour qu'Intissar puisse rejoindre Amani. Il n'existe pas trente-six solutions. Je fonce. Droit vers l'homme qui me tient toujours en joue avec son arbalète.

L'effet de surprise joue – je lui rentre dedans, il valse à terre. J'entends un claquement suivi d'un sifflement aigu. L'arme s'est déclenchée, mais la flèche ne m'a pas atteinte. Je vois rouge.

Je frappe.

Les coups pleuvent. Je blesse autant que j'encaisse.

J'entends soudain des cris.

Une odeur de brûlé.

– Héra ! Héra !

La voix d'Intissar.

Je relève la tête. Jamais le feu brûlant dans ses mains ne m'a apparu aussi beau.

Mais la Sœur de Feu ne me prête pas attention – ses yeux sont braqués en face d'elle.

Je suis son regard.

À quelques pas d'elle, Tyel a pris Amani en otage, son couteau posé sur sa gorge.

– Éteins ça tout de suite. Sinon, je la tue.

10

INTISSAR

« Il s'est avéré très vite que certains Passeurs ne désiraient aucunement se plier à la volonté de la Guilde. Ils rejetèrent ses règles et devinrent pirates. On entendit bientôt parler de bateaux sabordés, d'équipages massacrés et de passagers rançonnés, voire pire. Loués soient les dieux, l'existence de ces brigands est en général aussi courte que leur épée. »

Ma vie après le Bouleversement,
témoignage d'Eyphaël, Sanctuaire d'Otis.

– Éteins ça tout de suite. Sinon, je la tue.

Je rassemble aussitôt l'énergie qui émane des flammes.

Autour de nous, les pirates, qui s'étaient éloignés avec hâte quand j'avais activé la magie de l'Éclatante, se rapprochent. Mais mon principal souci reste Tyel. Son regard ne me lâche pas, son bras emprisonne

Amani et la main qui tient le couteau demeure ferme alors qu'il me répète :

– Éteins. Ça.

Et pour me prouver sa détermination, il fait glisser la lame un peu plus près du cou d'Amani.

Le sang coule, tache sa robe bleue.

Vaincue, je suis prête à étouffer le feu qui brûle toujours dans mes mains quand je croise le regard de la prêtresse.

J'y lis douleur, tristesse mais aussi et surtout une immense détermination.

Elle m'adresse un minuscule signe de tête.

Non.

Non quoi ? Me demande-t-elle de ne pas obéir aux injonctions de Tyel ? Je jette un coup d'œil à Héra, qui tient toujours en respect le chef des pirates, après lui avoir démoli le nez.

– N'y pense même pas, gronde Tyel.

Le temps presse.

Que faire ? Est-ce que je prends le risque d'attaquer à nouveau et de mettre en danger la vie d'Amani ou j'obéis et nous nous retrouvons à la merci de pirates enragés ?

Un reflet brillant attire soudain mon attention.

Les Vecteurs, ceux d'Amani et d'Héra.

Ils sont tombés au sol, juste entre Tyel et moi. Dans la confusion, le marin a préféré prendre en otage la prêtresse plutôt que de s'en servir. Je devine qu'il n'est pas aussi confiant qu'il veut bien le prétendre quant à l'utilisation de sa magie.

– Dernière chance ! aboie-t-il.

La sueur perle sur son visage, ses muscles se tendent. Amani étouffe dans son étreinte. Mais ses yeux noirs demeurent rivés aux miens.

J'ignore ce qu'elle peut lire dans mon regard.

Mais l'instant d'après, l'ombre d'un sourire voile ses lèvres. Comme si elle avait pris une décision.

Je devine – trop tard – ce qu'elle veut faire.

– Non !

Mais la prêtresse ne m'entend plus. Rejetant la tête en arrière, surprenant son agresseur, elle lui plante ses dents dans le cou. Tyel crie. Je voudrais l'atteindre, mais si j'agis maintenant, Amani brûlera aussi.

– Héra !

Le regard de l'apprentie Guerrière s'agrandit. Elle esquisse un pas dans ma direction, mais le chef des pirates choisit ce moment pour lui envoyer un uppercut au menton.

Héra chancelle, recule de quelques pas.

Un jet de flammes part de ma paume, atteint notre agresseur en plein visage. L'homme hurle.

Héra se reprend et se précipite vers moi, raflant au passage les Vecteurs.

La chaîne glisse autour de son cou.

Encore un instant et nous serons en sécurité, je songe.

Tyel et Amani tombent au sol, dans un enchevêtrement que je n'ose pas rompre.

– Amani ! crie Héra.

Celle-ci se redresse.

Son regard croise celui d'Héra.

– Hé…

La seconde syllabe demeure bloquée dans sa gorge.

Tyel vient de lui plonger sa lame dans le ventre.

Héra demeure figée. Moi aussi. Le reste de l'équipage choisit ce moment pour fondre sur nous, en une clameur terrifiante.

Héra et moi nous retrouvons dos à dos. Combattant dans un même espace, avec cette harmonie que j'ai déjà ressentie au temple, quand nous luttions pour sauver nos vies.

Qui aurait cru que deux éléments aussi dissemblables que l'eau et le feu puissent agir de concert ? Pourtant, c'est exactement ce qui se passe.

Héra assomme les pirates au moyen de jets puissants ; je brûle les autres alors qu'elle s'occupe d'éteindre les flammes qui menacent de se propager au bois des bateaux.

Elle dresse un halo protecteur autour de nous et de la cabine où Cerbère est toujours enfermé, les flèches s'y brisent tels des fétus de paille.

Je renforce cette barrière magique comme je peux en y ajoutant ma propre énergie.

Je sais que je ne devrais pas éprouver un tel sentiment en ce moment, pas quand nous avons perdu déjà autant, pas quand les cadavres de Krys et d'Amani gisent toujours sur le pont de l'*Argo*. Et pourtant, la sensation est grisante. Comme si je venais de combler un manque dont je n'avais pas conscience, un élément qui me complète. Qui me rend plus forte aussi. Quelqu'un qui me soutient, me défendant contre ce monde qui voudrait nous annihiler.

Un sourire me vient aux lèvres alors que la danse des flammes m'absorbe tout entière.

Les pirates résistent autant qu'ils le peuvent, avec la force et la folie du désespoir, mais, maintenant que nous avons repris le dessus, ils n'ont plus aucune chance contre nous deux. De mon côté, je n'éprouve aucun remords, aucun regret, quand j'aperçois leurs corps sans vie, leur énergie vitale brûlée, soufflée telle une flamme hors du foyer.

Eux ou nous.

Le calcul est vite fait.

Ce monde n'est pas tendre avec les vaincus.

Quand plus personne ne se dresse sur le pont de l'*Argo* ou de l'*Orisha*, quand plus aucune flèche ou projectile ne vole en notre direction, je demeure immobile avant d'éteindre le feu qui couve dans mes paumes.

Le halo dressé par Héra disparaît tout aussi subitement.

Nous demeurons immobiles un instant.

Un épais silence, à peine troublé par les aboiements redoublés de Cerbère toujours enfermé dans la cabine, tombe entre nous.

Je prends la peine d'examiner l'horizon – rien que de la Brume, à perte de vue – avant de me tourner doucement vers Héra.

Elle demeure figée. Bloquée. Comme si on venait de la transformer en statue.

J'hésite à la toucher, à rompre son engourdissement.

Je contemple le carnage autour de nous. Mon regard se porte sur le corps d'Amani. Je m'agenouille à ses côtés, pose les doigts sur son cou, même si une partie de moi-même sait déjà que c'est inutile.

Plus aucun signe de vie.

Je la dégage doucement des autres assaillants, étendus autour d'elle, l'allonge sur le dos. Remets un peu d'ordre dans sa tenue. Les yeux fixes, sans vie, demeurent braqués sur le ciel. Je ferme ses paupières d'un geste léger.

Je ne sais que dire. Que faire.

Finalement, une prière me vient aux lèvres.

– Qu'Aïstos t'accueille auprès de lui. Que le feu de sa forge puisse te réchauffer, que la paix enveloppe ton âme.

J'étends la main sur la robe bleue d'Amani.

– Désormais, plus personne ne peut te blesser.

Un sanglot me parvient. Je relève la tête. Le regard noyé, Héra me contemple un instant avant de s'effondrer à genoux sur le pont de l'*Argo*, maculé de sang et de suie.

Je me précipite vers elle, ne songeant même pas à résister à l'élan qui me pousse à la consoler.

Elle est trop grande pour que je puisse l'étreindre comme je le ferais avec une de mes sœurs, ce qui ne m'empêche pas d'essayer.

La tête sur mon épaule, le corps traversé de spasmes, elle pleure ses morts.

Le soleil nous frappe de son éclat cruel quand Héra se ressaisit enfin. Elle renifle doucement avant de se redresser.

– Désolée, souffle-t-elle, détournant la tête.

Je voudrais lui répondre qu'elle n'a pas à s'excuser. Néanmoins, je demeure silencieuse. Je ne trouve pas les mots. Je serre son épaule en un geste que je voudrais réconfortant avant de lui glisser :

– Libère Cerbère. Je vais m'occuper de… tout ça.

– Comment ? demande-t-elle, me dissimulant toujours son visage.

– Ceux-là (je désigne le cadavre du chef des pirates), je compte les précipiter dans la Brume.

J'évite soigneusement la question qui se pose immanquablement à l'horizon, à savoir – qu'allons-nous faire maintenant ? Héra compte-t-elle rentrer au temple ? Si c'est le cas, je devrai poursuivre ma route, rentrer au Sanctuaire de Sophia. Je pourrais voguer à bord de l'*Orisha*, en faire présent aux Sœurs et Frères de Feu. Un présent qui pourrait m'éviter de me retrouver punie trop sévèrement ou, pire encore, exclue du Sanctuaire.

Un plan qui ne me satisfait qu'à moitié, pourtant.

Je glisse un regard vers Héra, qui semble perdue dans ses pensées.

Quelque chose en moi me pousse vers elle. Peut-être en raison de ce que nous venons d'affronter. Peut-être aussi vu la sensation que j'ai ressentie quand nous avons combattu côte à côte. Je ne m'explique pas cette impulsion, moi qui préfère d'ordinaire être seule quand j'utilise la magie. Héra rompt soudain le silence :

– Je peux te demander un service ?

– Bien sûr.

– Pour… (Sa voix se fêle. Elle me désigne le cadavre de Krys, puis celui d'Amani.) Brûle-les. Je ne veux pas que la Brume les touche.

Je hoche la tête. Le temps des décisions n'est pas encore venu. Il nous faut d'abord nous occuper des morts et leur rendre hommage.

Je perds la notion du temps. Les grains d'Éclatante roulent entre mes doigts, s'embrasent. Le feu grandit, avale, consume, jusqu'à ce qu'il ne reste plus que des cendres sur les deux couvertures que j'ai eu la précaution de rendre ignifuges. C'est peut-être stupide, mais il me semble qu'à ce moment, alors que les corps de Krys et Amani disparaissent, une petite partie de notre chagrin – même s'ils n'avaient pas la même importance à mes yeux qu'à ceux d'Héra, je les pleure aussi – s'envole avec eux. Rend nos âmes plus légères. Et c'est le cœur toujours souffrant, mais un peu moins lourd qu'auparavant, que nous nous asseyons autour du brasero pour un repas vite préparé – quelques lanières de viande séchée, un peu d'eau, des galettes de céréales aussi dures que des cailloux.

– C'est aussi coriace que la viande de yak, souffle Héra, qui s'attaque à la sienne.

– Le yak ? je répète après avoir englouti un morceau de galette.

– Vous n'en avez pas, là d'où tu viens ? demande Héra, les yeux toujours rouges.

À ses côtés, Cerbère ne bouge pas d'un poil. Il n'a pas lâché Héra d'une semelle depuis qu'il a été libéré de la cabine. Sa tête contre le genou de l'apprentie, il me fixe d'un air triste comme s'il savait lui aussi ce qui s'est passé ce matin. Je gratte doucement son crâne.

– Non, je réponds. On a quelques chèvres, des poules. Mais je ne sais pas ce qu'est un yak.

– Moi non plus, admet Héra, le regard perdu dans le vague. Je n'en ai jamais vu un vivant, en tout cas. Je connais juste le nom car le personnel des cuisines en parle tout le temps, en disant que ça devient de plus en plus rare…

J'évite de répondre qu'elle a eu de la chance de pouvoir manger de la viande jusqu'ici, même si celle-ci s'avérait aussi difficile à mastiquer. Dans mon Sanctuaire, manger de la viande est exceptionnel, réservé aux jours de fête. Soudain, la nostalgie m'étreint. J'ai envie de revoir Maïlyne, Saraï, Laël et tous les autres. De soigner nos précieux plants d'Éclatante, de les voir mûrir au soleil, de cueillir les sacs remplis de graines en évitant de se piquer aux épines acérées des tiges.

J'ai envie de rentrer à la maison.

Même si une partie de moi-même me souffle que tout ce qui m'a amenée jusqu'ici – le serpent, la vague de Brume, les êtres emprisonnés à l'intérieur – n'est pas terminé. Je repense à Pylos et Andrès.

Je refuse qu'il y ait d'autres victimes.

Je repense aux révélations d'Amani, quand elle discutait avec Krys du Souffleur et de cette secte se développant à l'est de Sophia.

Je dois en parler avec Maïlyne. Il faut que nous en apprenions davantage sur ces gens.

– À quoi penses-tu ?

La question d'Héra me prend par surprise. Je réponds d'instinct :

– À demain. Que comptes-tu faire ?

Ma demande est abrupte, mais nécessaire. Héra pousse un profond soupir avant d'avouer :

– Je… J'hésite.

Mon cœur bat plus vite alors que je poursuis :

– Veux-tu rentrer au temple ?

Elle demeure silencieuse, le regard rivé sur ses mains. J'attends. Je ne suis pas aussi patiente d'ordinaire mais, au vu de ce qu'Héra traverse en ce moment, inutile de la brusquer. L'apprentie qui me poussait sans ménagement dans l'escalier semble avoir disparu. Il ne reste plus qu'une jeune fille tout aussi désorientée que moi.

– Tu n'es pas obligée de me répondre tout de suite, j'interviens, rompant le silence qui s'éternise entre nous deux. Ça peut attendre demain et…

– Une partie de moi-même rêve de répondre « oui », m'interrompt-elle. De laisser tout ça (elle désigne l'*Argo* derrière moi) et de revenir à ma vie d'avant. Où l'on me disait quoi faire et comment le faire. Mais…

Elle déglutit.

– Ce n'est pas une solution, n'est-ce pas ?

Son regard se fiche dans le mien. Exigeant la vérité.

Je secoue la tête.

– Amani… Amani voulait se rendre chez toi pour obtenir des réponses.

J'hésite soudain à lui révéler ce que j'ai entendu la nuit dernière. Est-ce le bon moment ?

Je me mords l'intérieur de la joue de frustration. Je ne sais comment agir face à Héra. Elle a déjà subi tellement d'épreuves en si peu de temps…

Je prends une décision.

– Écoute, nous pourrons en discuter plus tard, d'accord ? Pour l'heure, nous allons nous reposer.

– Si tu le dis… souffle Héra.

Le soulagement envahit cependant son visage.

Je me lève, farfouille dans le sac de provisions. J'en ressors deux galettes de céréales.

– Tu veux… ?

Je n'ai pas le temps d'achever.

Avec une rapidité que je n'aurais pas soupçonnée chez un animal de cette taille, Cerbère vient de bondir, happant au passage la moitié de la galette.

Héra et moi fixons toutes les deux le chien dévorant sa proie à belles dents avant d'éclater de rire. En voilà un qui ne perd pas le nord !

11

HÉRA

« Hélas, mon frère, les habitants de ce Sanctuaire se sont détournés des dieux. Après avoir inondé leurs statues de larmes, parcouru à genoux le chemin jusqu'aux autels, ils ont laissé la colère et la rancœur enfler en leurs cœurs. Ils adorent à présent de fausses idoles, s'enivrent et jurent tout haut. Il se murmure même que certains vouent un culte à ces monstres qui émergent de la Brume. Les dieux les aient en pitié. »

Extrait d'une lettre envoyée par Hénarque à Moïphon.

Je suis en train de m'assoupir quand un murmure me parvient aux oreilles.

– Héra…

Je redresse la tête. Qui peut bien m'appeler à cette heure ?

Enroulée dans sa couverture, Intissar ronfle doucement. Cerbère est allongé entre nous deux. Les nuits sont fraîches à bord.

J'ai dû rêver.

– Héra…

Un frisson me court entre les omoplates. Quelqu'un m'appelle, j'en suis certaine à présent. Je me relève, soucieuse de ne réveiller aucun de mes deux compagnons. Je progresse à pieds nus sur le pont.

– Qui est là ?

Ma voix sonne telle celle d'une petite fille, celle que j'étais jadis, quand je ne parvenais pas à dormir et que je m'échappais du dortoir commun.

– Héra… Qu'as-tu fait, Héra ?

*L'*Argo *se balance mollement sous mes pieds. Pas un bruit, sinon le murmure incessant des vagues de Brume contre la coque du bateau. Je ravale ma salive. Je connais cette voix, j'en suis certaine, mais à qui…*

Et soudain, je les vois.

Surgissant de la mer de Brume.

Une silhouette noircie, déformée par les flammes.

Une autre rongée par la Brume, le visage méconnaissable. Et pourtant, je les reconnais d'instinct. Elles flottent dans ma direction.

– Non, non, ce n'est pas possible ! Les morts ne reviennent pas dans le monde des vivants !

C'est ce qu'on m'a toujours appris, du moins. Mais les deux spectres ignorent ma protestation.

– Où étais-tu…

Pylos pointe son doigt vers moi.

– … quand nous avions besoin de toi ? achève Amani, ses yeux brillant d'un éclat terrifiant.

Mes jambes se dérobent sous moi, je chute au sol alors que les larmes coulent sur mes joues. J'essaie d'articuler, de leur dire à quel point ils me manquent, à quel point je m'en veux aussi.

Mais aucun mot ne sort de ma bouche.

– Tu n'étais pas là…

– Tu nous as oubliés…

Non, non, c'est faux ! Je secoue la tête.

*Ils approchent encore, marchent sans un bruit sur le pont de l'*Argo.

– Et à présent…

Une main se pose sur mon épaule. Des doigts s'accrochent au tissu, des ongles me rentrent dans la chair. Je crie.

– Tu vas venir avec nous.

– Nooon !

Je me réveille en sursaut, le mot bloqué sur ma langue. J'étouffe soudain, je rejette la couverture en arrière et ouvre grand la bouche.

Un cauchemar.

Encore.

Inspirer, expirer. Laisser le roulis du bateau me bercer. J'entends Intissar parler à Cerbère. Laisser la lumière du jour écarter les ténèbres de mon esprit.

La peur reflue, mais pas le chagrin. Ni la culpabilité. J'ai à peine dormi, ressassant sans arrêt ce qu'il s'était passé, me demandant ce que j'aurais pu – *dû* – faire, imaginant vingt mille issues différentes…

Mais j'ai beau y penser, la réalité reste la même.

Pylos et Amani sont tous les deux morts.

J'enfouis mon visage dans mes mains jointes. L'envie de pleurer – de crier aussi – se tient en embuscade, mais je refuse de la laisser gagner. Moi qui croyais que réduire nos adversaires en cendres me soulagerait, je découvre que je me suis trompée. Je ne regrette absolument pas la mort des pirates, ces êtres nuisibles, qui auraient certainement continué leurs méfaits s'ils nous avaient échappé. Néanmoins, ça ne change rien au gouffre qui s'est ouvert en moi quand Pylos d'abord, Amani ensuite ont disparu.

Rien ne comble leur absence.

Je ne peux pas imaginer un jour que la douleur s'atténue.

– Héra ?

Intissar penche la tête dans ma direction. J'imagine sans peine qu'elle peut lire sur mon visage ce à quoi je songe en ce moment. Elle s'abstient pourtant de tout commentaire, me déclarant plutôt :

– Le petit déjeuner est prêt, si ça te tente...

Je me force à sourire.

– J'arrive.

Le jour se lève à peine, mais la chaleur nous accable déjà. Je fais la grimace en sentant ma tunique légère coller à ma peau. Un des nombreux avantages de vivre dans le temple, c'était la fraîcheur que dégageaient les pierres. Je donnerais déjà cher à cet instant pour pouvoir retrouver un peu d'ombre ! Vivement que nous gagnons les hauteurs des Sanctuaires, l'air y sera déjà plus frais.

Une vague de nostalgie m'étreint quand je pense à ceux et celles que j'ai dû laisser derrière. Le sourire malicieux d'Ayrell, le rire d'Ellène, les entraînements quotidiens avec les autres apprentis Guerriers, le murmure de la fontaine...

J'étouffe un soupir.

– Encore une galette ?

– Non merci. Sinon, je vais définitivement y laisser une dent !

Intissar s'esclaffe et rien que ce son allège un peu mon humeur.

Elle donne les reliefs de notre repas à Cerbère, qui s'empresse de tout engloutir, puis met de côté les planches en bois qui nous ont servi pour notre petit déjeuner. Je la regarde faire, un brin éberluée, ce qui l'intrigue :

– Quoi, qu'est-ce qu'il y a ? Tu n'as jamais dû faire la vaisselle chez toi ? Ou te charger de l'approvisionnement ? Tu sais, ce qu'on appelle la lo-gis-ti-que, dit-elle en articulant ce mot soigneusement.

Elle pourrait aussi bien me parler en une langue inconnue.

– La quoi ?

Elle éclate de rire. Bizarrement, cela ne me vexe pas.

– L'organisation, la gestion de la nourriture, qui va faire quoi...

– Non, bien sûr ! je réplique. C'est le rôle des prêtres de décider de tout ça. Nous, on se contente d'exécuter. Pourquoi, ça ne marche pas comme ça chez toi ?

Intissar secoue la tête.

– Toutes les semaines a lieu le Conseil. Les Sœurs et Frères de Feu se réunissent pour parler des préoccupations et autres sujets importants. Si quelqu'un a un souci et désire en parler, il est libre de le faire. On en discute en commun et on prend une décision.

Je la dévisage, yeux écarquillés.

– Sérieusement ? Mais ça doit vous prendre toute la nuit !

– C'est vrai que ça peut durer longtemps, parfois. En même temps, ça permet que chacun soit au courant de ce qui se passe. Moins de secrets et de malentendus. Ça simplifie la vie !

En effet. Je ne peux pas m'empêcher de songer à la différence d'avec la vie au temple, où chaque entretien se déroulait dans l'intimité d'un bureau et dont nous ne devions rien révéler aux autres, sous peine de punition.

Intissar se rassied près de moi, son amusement envolé, laissant la place à une mine grave.

– Héra, je dois te parler de quelque chose d'important...

Je me raidis.

Aurait-elle changé d'avis, va-t-elle me dire que je dois regagner le temple à présent et ne pas aller plus loin ?

– Vas-y, je t'écoute.

Elle hésite, mal à l'aise, avant de se lancer :

– Il y a deux nuits de cela, j'ai été réveillée par...

Elle s'arrête brutalement, me jetant un regard gêné. Je devine ce qu'elle était sur le point de me dire.

– Tu peux dire leurs noms, je ne vais pas m'effondrer.

Je préfère lui mentir – entendre les noms des disparus me tiraille littéralement le cœur. Je me demande si cette sensation s'arrêtera un jour.

– Krys et Amani discutaient tous les deux et je n'ai pas pu m'empêcher d'écouter leur conversation. Je n'aurais pas dû les espionner... mais Amani avait ce livre entre les mains, tu sais, ce grand volume qu'elle a lu pendant le premier jour de traversée...

– *Les Souffleurs*, je murmure d'instinct, me souvenant du titre.

Intissar émet un hoquet.

– Tu l'as entendue, toi aussi ? me demande-t-elle, yeux ronds.

– Quoi ? Non, c'était le titre du livre en question.

– Oh. Et tu sais ce qu'ils désignent ? Les Souffleurs ?

– Pas la moindre idée, je réponds en haussant les épaules. Je n'en ai jamais entendu parler au temple.

Intissar hésite avant de livrer :

– Selon Amani, ils peuvent manipuler l'air. Comme toi, l'eau et moi, le feu.

J'en reste médusée. Une magie de l'air… Et pourquoi pas une magie de la terre, tant qu'on y est ! Pour ce qu'il en reste, de toute manière…

– Amani parlait aussi d'un certain Dédale, censé être mort, mais elle semblait convaincue du contraire. Elle projetait de se rendre sur le mont Olympus pour le prouver, elle pensait qu'il avait établi son repaire là-bas. Et, selon elle, il était responsable de l'attaque contre le temple.

Je hausse les sourcils d'étonnement. Le mont Olympus, cette montagne solitaire, perdue dans un océan de Brume ? Comment quelqu'un aurait-il pu survivre seul là-bas ?

– Je ne comprends pas… je souffle.

Et pourtant, s'il y a bien une chose que je connais – *connaissais*, et cette rectification me fait mal – c'est le caractère d'Amani. Quelqu'un qui n'agissait jamais sans avoir une excellente raison de le faire. Si elle pensait que ce Dédale, quel qu'il soit, puisse avoir un lien avec l'attaque de Brume sur le temple, c'est qu'elle avait de sérieux soupçons.

– Moi non plus, admet Intissar. Elle semblait entretenir d'immenses regrets. Elle parlait d'une mission où elle n'avait pas été admise, qui serait partie vers le mont Olympus il y a dix-sept ans.

Dix-sept ans. Mon âge, si j'en crois les dires de Pylos.

– Elle mentionnait d'autres personnes : Alcide et Mégare…

Je relève directement la tête, le regard écarquillé. Enfin un nom qui me parle !

– Mégare ? C'est ce qu'elle a dit ?

– Oui, pourquoi ?

– Pylos m'avait confié que c'était le nom de ma mère, je réponds d'une voix sourde.

Je me revois en un éclair, haute comme trois pommes, rassembler mon courage pour demander à Pylos s'il savait qui étaient mes parents. Comment il m'avait recueilli. Il m'avait souri en me racontant comment il avait accosté sur un Sanctuaire non loin du temple.

« Ta mère était gravement malade. Elle m'a prié de t'emmener auprès des prêtres, pour s'assurer que tu aies une vie décente. Elle m'a juste donné son prénom : Mégare. »

Je n'ai jamais vraiment osé lui en demander davantage : il était si bon pour moi. Je ne voulais pas lui faire de peine en l'interrogeant sur mes parents. Et puis, il y a tellement d'orphelins parmi les apprentis, mon histoire n'était vraiment pas extraordinaire.

À présent, je me demande si, hormis le prénom de ma mère, il y a une seule partie de vrai dans ce qu'il m'a confié. Car si ce qu'il m'a raconté sur sa mort s'avère correct, comment une femme pauvre, malade, qui n'habitait même pas dans le temple aurait-elle pu convaincre Pylos de m'emmener là-bas ? Soudain, l'envie d'en découvrir plus à son sujet me taraude. Et si son décès il y a dix-sept ans est lié à ce Dédale, ce Souffleur dont nous ignorons tout… Je serre les poings.

J'ai perdu trop de gens auxquels je tenais. Je refuse de me laisser faire par les évènements une fois de plus. Il est temps de prendre le contrôle et d'en découvrir le plus possible sur ce qui est arrivé.

Intissar a dû lire mes émotions sur mon visage.

– Voici ce que je te propose – dans un premier temps, il nous faut faire halte à Sophia, ne serait-ce que pour que je confie à Maïlyne ce que nous avons vu et appris et aussi constituer une réserve d'Éclatante, dit-elle en désignant son sac à moitié vide. Ensuite… Continuons vers l'est. Nous devons découvrir la vérité au sujet de ce Souffleur.

– Ça me paraît un bon plan. Et j'espère que tes Sœurs et Frères voudront bien nous aider, eux aussi.

Dire que je vais me retrouver au beau milieu des pratiquants d'une magie qu'on n'a pas arrêté de me dépeindre – quand on abordait le sujet, du moins ! – comme sauvage, parfaitement incontrôlable et totalement dangereuse…

Si Ayrell et Ellène étaient là pour le voir, elles n'en croiraient pas leurs yeux !

Je me rends subitement compte du silence d'Intissar suite à ma remarque. Et la mine qu'elle arbore en ce moment n'est pas faite pour me rassurer.

– Qu'est-ce qu'il y a ? C'est moi le problème ?

– Non, non, c'est juste que…

Elle prend une profonde inspiration.

– Quand je suis partie du Sanctuaire pour me rendre dans ton temple… Je ne leur ai pas dit où j'allais. Ni même que je partais.

Elle le dit d'une voix précipitée, comme si elle était pressée de se débarrasser de ces mots. Je la contemple, surprise par cet aveu.

– Mais… Pourquoi alors ? Pourquoi être venue jusqu'au temple ?

– Je ne pouvais pas faire autrement ! réplique-t-elle. Ce que j'ai vu dans la vague de Brume…

Une expression que je n'ai encore jamais vue sur son visage se peint sur ses traits – je devine qu'elle est encore hantée par cette vision.

– Tu te souviens quand je me tenais face à Amani ce soir-là ? Quand je lui ai parlé des esprits ?

Je hoche la tête.

– Je suis la seule parmi les Sœurs et Frères de Feu à pouvoir entrer dans leur monde, lâche-t-elle. Par conséquent, il m'est difficile de décrire ce que j'y vois, surtout quand personne ne peut s'imaginer ce que c'est, exactement. J'ai essayé de leur dire qu'il fallait vous alerter, j'étais certaine que cette vague allait droit vers l'aqueduc et votre temple…

Intissar laisse échapper un bruit trahissant sa frustration.

– Maïlyne – c'est une des Sœurs aînées – ne voulait pas en entendre parler. D'ordinaire, je l'écoute, mais là… Je ne pouvais pas.

C'est à ce moment que je mesure tout ce qu'Intissar a risqué pour nous alerter, moi et tous les autres. Une culpabilité mêlée de honte me frappe de plein fouet quand je me souviens de comment nous l'avons traitée.

Heureusement qu'elle ne se montre pas rancunière !

Mue par une impulsion subite, je saisis une de ses mains dans la mienne. Ses doigts me semblent fragiles comparés aux miens, mais je suis habituée. Elle me regarde, interloquée, mais ne cherche pas à se dégager.

– Merci.

Et j'espère qu'elle comprend tout ce que je veux exprimer par ce simple mot.

Merci d'avoir pris ce risque.

Merci d'avoir été là.

Merci de rester à mes côtés.

Un sourire illumine son visage.

– De rien. Prête à découvrir Sophia ?

– Absolument !

12

INTISSAR

« Le Bouleversement n'a pas seulement fracturé notre monde, il a aussi détruit les anciennes alliances. Chacun s'est réfugié dans son coin, se méfiant de son voisin. Et les prêtres n'ont pas agi autrement. Ceux de l'eau ont trouvé refuge auprès de l'aqueduc, les Sœurs et Frères de Feu ont gagné les hauteurs pour cultiver leur précieuse Éclatante. Les Souffleurs se sont lamentés sur l'absence de vent avant de partir aux confins du monde, dans l'espoir de le retrouver. Quant aux Semeurs… Personne n'en a plus jamais entendu parler. »

Ma vie après le Bouleversement,
témoignage d'Eyphaël, Sanctuaire d'Otis.

Quand nous arrivons enfin en vue du Sanctuaire de Sophia, je m'autorise un long soupir de soulagement. Un feu intérieur parcourt mes mains, mes bras, mon dos tout entier – le prix à payer pour les efforts produits aujourd'hui.

Je me masse les poignets en grimaçant. Héra m'adresse un regard compatissant.

– Tu aurais pu me laisser prendre le relais, marmonne-t-elle.

– Je sais, tu me le dis pour la vingtième fois. Et la réponse est toujours non. Je connais mieux le chemin que toi.

Elle me tire la langue, j'en fais de même. Nous n'avons fait qu'une courte pause, le temps de remettre l'*Orisha* au Sanctuaire d'Otis, celui des Passeurs, et de leur apprendre ce qui était advenu du bateau. Heureusement, Héra s'en est chargée – je doute que, venant de moi, les Passeurs l'auraient accepté aussi facilement. Mais le statut d'une apprentie de l'eau en impose et quelques-uns saluaient familièrement Héra. J'ai supposé qu'ils l'avaient déjà aperçue en compagnie de Pylos. Malheureusement, cela n'a pas empêché les questions.

– Où est Pylos ?

– Personne d'autre ne se trouve avec vous ? a interrogé l'un des plus curieux.

J'ai craint pendant un instant qu'il ne veuille monter à bord, mais Héra l'a désarmé avec un charmant sourire et :

– Oh, si, mais je crains que ma prêtresse ne soit tombée malade… Une fièvre foudroyante ! Elle n'a pas arrêté de vomir !

De quoi décourager les importuns.

Dès qu'elle est revenue à bord, Héra a grommelé à mon intention :

– Ça leur apprendra à poser des questions !

– Il faudra bien leur apprendre un jour la vérité…

Elle a haussé les épaules.

– Le plus tard possible. Et puis, s'ils avaient appris que nous nous trouvions seules à bord de l'*Argo*, ils ne nous auraient pas laissées repartir. Sans Amani, il n'est pas certain que les Passeurs nous permettent d'utiliser le bateau. Je ne sais pas toi, mais je n'ai aucune envie de demeurer bloquée à Otis, en attendant que quelqu'un veuille bien nous prendre en charge jusqu'à Sophia !

L'argument était imparable et je n'ai plus rien dit. Je me suis contentée de ramer.

Cependant, même avec l'aide de ma magie, je me retrouve complètement rompue.

Je porte la gourde d'eau à mes lèvres alors qu'Héra, et Cerbère à côté d'elle, observent Sophia. J'essaie de contempler le Sanctuaire d'un œil étranger.

Bien sûr, il ne se montre pas aussi élégant que l'aqueduc du lac Taho pas plus qu'il ne dégage une impression de solidité comme le temple. Mais, avec ses plateformes de cordes et de bois, ses tentes colorées, plantées sur les terrasses aménagées à même le flanc de la montagne et le phare qui s'élève au bord du débarcadère, je ne pense pas qu'il ait à rougir de la comparaison !

D'instinct, je lève la tête vers le sommet. Là où, au plus proche du soleil, duquel ils tirent leur énergie, se trouvent les plants d'Éclatante. Là non plus, ce ne sont pas les végétaux les plus gracieux, avec leurs tiges recouvertes d'épines acérées, et les renflements qui apparaissent en dessous des larges corolles, noircissant au fur et à mesure que les graines de la plante deviennent mûres, prêtes à être utilisées, mais ça n'a pas d'importance – du moins pour moi. Je m'apprête à indiquer les plantes à Héra, dont je sens la curiosité à ce sujet. Néanmoins, je n'en ai pas le temps. Un cri monte du débarcadère. Je vois les Sœurs et Frères de Feu se précipiter sur le quai étroit, courir à notre rencontre. Soudain, toutes mes craintes refont surface.

Et elles se trouvent d'autant plus renforcées quand j'aperçois Maïlyne, suivie de plusieurs Sœurs et Frères aînés, parcourir la rive à grandes enjambées.

De toute évidence, mon retour ne va pas passer inaperçu.

– Laisse-moi résumer les faits : tu es partie sans avertir personne, tu as emprunté la barque d'un de nos Frères…

– Elle lui a été rendue !

Maïlyne m'ignore, préférant poursuivre :

– … et, fait encore plus grave, tu as volé une réserve précieuse d'Éclatante.

Ma Sœur se plante en face de moi. Grâce au brasero qui brûle dans la pénombre de la tente, je peux distinguer son expression : je saisis à quel point elle est remontée contre moi. Je glisse un regard vers Héra, qui, à peine le pied posé sur le débarcadère, s'est retrouvée emmenée en même temps que moi dans la tente de Maïlyne.

– Tu nous reviens après trois jours entiers d'absence, avec un bateau qui sort d'on ne sait où…

– Elle vous l'a déjà expliqué… tente Héra, avant d'être brutalement réduite au silence par :

– Quand j'aurai besoin de votre avis, je vous le demanderai, apprentie !

Maïlyne poursuit :

– … Et un sac d'Éclatante aux trois quarts vide. Dis-moi, Intissar, tu n'imaginais quand même pas que je ne remarquerais pas ton absence ?

– Non, je réponds, m'efforçant de demeurer calme, mais j'espérais peut-être un peu de compréhension quant…

Maïlyne ne me laisse pas achever :

– De compréhension ? Tu m'as désobéi, tu nous as volés, tu t'es montrée immature et irresponsable !

Le « volés » me pique en plein cœur. Me coupe le souffle. Est-ce comme ça que je vais être considérée, désormais ? Comme une voleuse ?

– Vous lui parlez de corvées alors qu'elle vous parle de vies humaines, gronde soudain Héra. Si elle n'était pas intervenue au temple…

– Je ne vous ai pas demandé…

Maïlyne essaie de se faire entendre, mais Héra est lancée, sa voix tonnant dans l'espace restreint de la tente :

– … les pertes que nous avons subies auraient pu se révéler encore plus importantes ! Elle a pris un immense risque pour sauver des vies et vous la récompensez en la traitant comme une criminelle !

L'indignation dans ses mots me fait chaud au cœur. Pour autant, si elle espère faire flancher Maïlyne de cette manière, elle se trompe. Ma Sœur de Feu croise les bras, la mine butée.

– C'est bien beau de jouer les héroïnes, Intissar, et d'utiliser ton don de cette manière. Mais qu'en serait-il advenu si ce que tu as vu cette nuit-là était revenu et, cette fois-ci, nous avait menacés directement ? Personne ici n'a tes talents, tu le sais. Nous aurions été prises totalement au dépourvu, sans même savoir contre quoi ou qui nous nous battions.

Je frissonne. Maïlyne a raison sur ce point.

– Chacune d'entre vous fait partie d'une communauté, poursuit-elle en nous contemplant tour à tour. Vous avez toutes les deux des devoirs et des obligations à accomplir. Vous savez parfaitement ce que cela implique de vivre parmi les siens. Ne venez donc pas me dire que vous ignorez les conséquences de vos actes.

Chacun de ses mots me fait frémir.

Même si une partie de moi-même demeure farouchement obstinée, protestant que je n'ai rien fait de mal, que mon acte de rébellion s'avérait nécessaire, je me retrouve telle une petite fille prise en faute.

– Tu as agi de ton propre chef, Intissar. Tu nous as oubliés. Tu nous as manqué de respect, tu as foncé tête baissée, sans nous écouter.

– C'était nécessaire ! proteste Héra.

Maïlyne lève la main d'un geste sec.

– Peu importent les raisons. Je ne vois que les actes. (Elle reprend, en baissant d'un ton :) J'y suis obligée, Intissar.

Des mots qui me font froid dans le dos. Soudain, je me mets à redouter la punition.

Maïlyne ne songe quand même pas à m'exiler, n'est-ce pas ? À me bannir d'ici ? Tout mon être se révolte à cette perspective. Je ne veux pas partir ! Ma fierté se lézarde telle une poterie demeurée trop longtemps au soleil. Je fixe ma Sœur de Feu.

– Je t'en prie, Maïlyne...

Je voudrais prononcer un grand discours, mais la boule qui se forme soudain dans ma gorge bloque mon souffle. Je ne peux pas partir dans cette quête de vérité au sujet de la vague de Brume en sachant que je ne pourrai plus jamais mettre les pieds ici.

– Je sais que je me suis montrée égoïste, j'en ai conscience, désormais. Je suis... désolée.

J'entends le soupir de frustration d'Héra dans mon dos. Mon cœur se serre à l'idée qu'elle puisse m'en vouloir de ce que je suis en train de faire, comme si je réduisais mon intervention au temple et tout ce qu'il s'est passé jusque-là à une simple erreur de jugement de ma part. C'est faux, naturellement. Néanmoins, Héra doit pouvoir me comprendre, elle qui vient de quitter son temple.

Elle qui a dû faire face ces derniers jours à la brutalité de ce monde.

Le visage de Maïlyne reflète son dilemme intérieur – elle ne peut pas être vue comme faisant preuve de faiblesse ou même d'indulgence particulière envers moi. Pourtant, me perdre, alors que je suis seule à pouvoir les prémunir des attaques de spectres errants...

– Je t'en prie, je répète. Punis-moi aussi sévèrement que tu le veux, je ne protesterai pas. Mais ne me bannis pas.

À ce moment, un des pans de la tente se soulève pour laisser passer Laël. La malheureuse est aussitôt accueillie par :

– Que fais-tu ici ? J'avais ordonné de ne pas me déranger...

Laël devient rouge d'embarras. Je la prends en pitié : se retrouver face à une Maïlyne en colère n'est jamais facile. Je viens d'en faire l'expérience. Une pensée que j'oublie aussitôt quand elle déclare :

– Je sais, mais *La Belle Jeanne* vient enfin d'arriver.

La Belle Jeanne, le bateau d'Arno, le Passeur qui nous approvisionne directement depuis Scyll !

– Les nouvelles ne sont pas bonnes, poursuit Laël, mais il refuse d'en dire plus tant que tu ne seras pas là...

Héra a sursauté au nom de Scyll et m'implore à présent du regard pour que je prenne la parole. J'inspire profondément.

– Justement, à propos de Scyll…

Maïlyne, dont le visage s'était rembruni face aux nouvelles de Laël, se tourne vers moi :

– Tu sais quelque chose ?

– Oui.

Et je lui déballe d'un trait tout ce que j'ai appris grâce à la conversation entre Amani et Krys. Le message des Prêtres de l'Eau, la menace posée par la secte, ses aspirations politiques.

– Ils n'oseraient quand même pas prendre le contrôle de Scyll, réplique Maïlyne quand j'ai fini. Crésios et ses hommes dirigent le Sanctuaire depuis des années ! Et ils ont résisté à bien d'autres convoitises que celle de cette secte.

Je n'en doute pas. Scyll est l'un des rares Sanctuaires à non seulement disposer d'une source, ce qui explique que les Prêtres de l'Eau l'ont choisi pour leur projet d'aqueduc, mais en plus d'une terre cultivable. En conclusion, depuis le Bouleversement, grâce à un système ingénieux de cultures en plateaux, ils sont parvenus à entretenir assez de cultures de tout type pour approvisionner de nombreux Sanctuaires en denrées alimentaires. Naturellement, ce genre de privilèges a attiré son lot de jalousies, sans parler de ceux qui voudraient mettre le grappin sur pareille aubaine. Jusqu'ici, cependant, Crésios s'est toujours montré assez malin pour repousser les offensives et négocier de juteux partenariats commerciaux.

– Avez-vous déjà entendu parler de Souffleurs ? demande Héra, brisant le silence tendu qui s'est installé dans la tente.

– C'est comme cela que l'on désignait les pratiquants de la magie de l'air, répond Maïlyne. Ils ont quasiment tous disparu après le Bouleversement. Le climat a complètement changé et…

Je ne l'écoute plus que d'une oreille. Soudain, les liens qui me manquaient jusque-là pour comprendre ce qui nous menace viennent d'apparaître dans mon esprit. Tout se met en place.

Un Souffleur à la tête d'une étrange secte, le vent que j'ai pu sentir en approchant de la vague de Brume, cette convoitise politique menaçant Scyll et les autres Sanctuaires, la conviction d'Amani…

Il demeure bien entendu des questions sans réponse. Néanmoins, une certitude se fait jour en moi – il faut arrêter ce Souffleur alors qu'il en est encore temps. Sinon, la vague de Brume frappera encore.

Il nous faut nous rendre à Scyll.

– Pourquoi cette question, au fait ? demande Maïlyne.

Nous n'avons pas le temps de répondre. Laël se racle la gorge. Maïlyne comprend le message.

– Très bien, je viens ! Accompagnez-moi, vous deux.

Alors que nous redescendons vers le débarcadère, là où se trouve la zone de tri des marchandises que nous recevons avant d'être expédiées vers les différents endroits de stockage, Héra en profite pour se glisser à ma hauteur.

– Il a quoi de particulier, ce Sanctuaire ? Je veux dire, à part ce que nous savons déjà sur son compte ?

– C'est le seul qui puisse nous fournir en fruits et légumes. Une qualité particulière du sol là-bas. Je n'y ai jamais été mais les Passeurs qui nous apportent les marchandises m'ont décrit l'endroit...

Alors que je répète tout ce qu'on m'a raconté au sujet de Scyll, je prends conscience des regards qui se posent sur nous.

Ou plutôt sur Héra.

Sœurs et Frères de Feu comme habitants du Sanctuaire la dévisagent telle une bête curieuse. Une attitude qui me met mal à l'aise. Comme s'ils n'avaient jamais vu d'étrangers auparavant ! Et d'où venaient-ils donc, avant qu'on ne leur offre l'asile ici ?

Héra doit avoir la même pensée :

– On dirait que vous ne recevez pas souvent du monde... Ils me contemplent tous avec des yeux ronds !

– Ne fais pas attention, je réplique. Nous n'avons pas souvent la visite d'apprenties de l'eau, après tout !

– Ou alors, c'est mon physique qui les dérange, dit-elle d'une voix qui se veut blasée. Les quelques fois où Pylos m'a prise à bord de l'*Argo*, les gens me regardaient d'une drôle de manière aussi.

Ma colère s'éteint d'un coup, pour laisser place à un sentiment étrange. Un instinct qui me pousserait à protéger cette fille, aussi grande et musclée soit-elle. Je fais taire la petite voix qui me pointe dans un murmure qu'il n'y a pas que sa taille et sa stature qui suscitent la curiosité – il y a aussi sa peau noire, ses cheveux dressés autour de sa tête en un halo désordonné, sans parler des Vecteurs autour de son cou.

Personne ne devrait être jugé sur sa seule apparence.

– Ce sont tous des Sœurs et des Frères de Feu, au fait ? questionne-t-elle, sans remarquer mon trouble. Certains n'ont pas de tatouage…

– Non, non, je me hâte de répondre tout en faisant attention où je mets mes pieds. Nous acceptons ceux et celles qui ont des talents utiles. Là, par exemple, tu as les vanniers, qui peuvent fabriquer et réparer les paniers. Plus loin, tu as les tisserands et les menuisiers… On leur a offert l'asile, à eux et leurs familles.

Je passe sous silence le fait qu'on aimerait faire davantage appel à eux, si seulement nous disposions des matières premières nécessaires. Parfois, les habitants de Sophia s'apparentent plus à des bouches supplémentaires à nourrir qu'à des mains utiles.

– Oh, souffle Héra.

– Je devine que vous ne procédiez pas de cette manière dans ton temple ?

– Non. Nous avions du personnel.

Voilà qui ne m'étonne pas !

Maïlyne nous a devancées d'une courte tête quand nous arrivons au débarcadère et déjà j'entends des éclats de voix.

– Et c'est tout ?

– Absolument ! Et si vous voulez davantage, ne comptez pas sur moi pour y retourner !

Sur le quai, Maïlyne fait face au Passeur Arno, à bord de son bateau, baptisé *La Belle Jeanne*.

Aux pieds de la Sœur de la Feu, une seule caisse. Je m'arrête, surprise. C'est à peine suffisant pour tenir une semaine.

Comme si elle avait entendu mes pensées, Maïlyne reprend :

– Il y a erreur. Arno, tu le sais bien, toi qui transmets nos commandes…

– Ne m'accuse pas, Maïlyne, je n'y suis pour rien ! J'ai tout fait comme convenu, s'exclame le Passeur. Néanmoins, quand j'y suis allé il y a deux jours pour récupérer la cargaison, il n'y avait que ça (il désigne la caisse) de disponible. Et les gens qui m'ont reçu étaient des étrangers.

Il baisse la voix :

– Scyll a changé de propriétaire. Désormais, c'est un prêtre qui occupe le Sanctuaire. Il y a réuni tous ses fidèles.

Un silence tendu retombe entre nous tous. Héra tourne la tête vers moi. Je comprends aussitôt ce qu'elle me dit – le Souffleur et sa secte y ont débarqué.

Maïlyne demeure bouche bée.

– Mais... et Crésios ?

– Pendu avec les siens. Et exhibés au-dessus du port. J'ai failli faire demi-tour quand j'ai vu ça, mais je tenais quand même à respecter mon engagement envers toi.

Maïlyne et les autres blêmissent. C'est une catastrophe qui s'abat sur nous.

La Sœur Aînée se ressaisit au prix d'un immense effort :

– Nous ne pourrons pas survivre avec aussi peu.

– Je ne suis pas responsable, glisse Arno.

Il s'interrompt, visiblement gêné, avant d'ajouter :

– Je serais vous, je me trouverais un autre fournisseur.

Maïlyne émet un bruit étranglé.

– Comme si nous avions le choix ! Scyll est le seul à pouvoir nous alimenter pour certains produits...

– J'ai entendu des rumeurs quand j'étais là-bas, poursuit Arno, de plus en plus mal à l'aise. Le prêtre dont je parlais tout à l'heure... Il n'envisage pas de poursuivre les cultures.

– Mais de quoi vont-ils se nourrir, alors ? l'interrompt Maïlyne. Ça n'a pas de sens !

– Je l'ignore. On m'a dit de ne plus revenir. Désolé, mais je ne prendrai pas ce risque.

Ma Sœur de Feu ne paraît même pas l'entendre. Je suis tellement abasourdie moi-même que j'en manquerais presque la question d'Héra :

– Passeur !

Arno se tourne vers elle.

– Ce prêtre dont tu parles, connais-tu son nom ?

– Aucune idée. Tous l'appellent le « père » là-bas.

Un père qui projette d'affamer ses « enfants » et une bonne partie des Survivants des autres Sanctuaires. Quelle ironie !

Arno poursuit dans un murmure :

– Ses fidèles semblent convaincus que la Brume elle-même lui obéit.

13

HÉRA

« Toute magie engendre de la Brume. C'est une loi immuable de Mirar. Dans les premiers temps personne ne se souciait vraiment de ce déchet évanescent, rejeté aussitôt dans l'air une fois l'opération magique terminée. Mais, après des années de ce régime, certains prêtres constatèrent des altérations dans la trame de l'univers. Ils décidèrent alors que la Brume devait être contenue et créèrent les premiers réservoirs. »

Traité de magie élémentaire –
Cours de base de l'Académie de Mirar.

La nuit tombe doucement sur Sophia. En contrebas, les Sœurs de Feu viennent d'allumer le phare. Sur les hauteurs du Sanctuaire, des torches embrasées éclairent le chemin jusqu'au sommet. Des prières à Aïstos – tel est le nom qu'ils donnent à leur dieu – bruissent dans l'air.

À l'horizon, le soleil mourant éclaire par-dessous la Brume épaisse avant de définitivement sombrer. Pylos avait coutume de l'appeler « l'heure dangereuse ».

– Quand tu vois cette lumière, Héra, et quand, comme moi, tu as connu le monde d'avant, tu ne peux pas t'empêcher de songer aux couchers de soleil. Et là, tu as l'impression que, si jamais tu pouvais plonger dans la Brume…

Il s'était brutalement interrompu. Mais je pouvais compléter sa phrase sans aucun souci.

Tu as l'impression que, si jamais tu pouvais plonger dans la Brume, tu pourrais sombrer jusqu'à retrouver le monde d'avant. Intact.

Une cruelle illusion.

Un juron éclate dans mon dos. L'instant d'après, Intissar s'assied au sol à mes côtés, poussant un profond soupir.

– Laisse-moi deviner : elle ne veut toujours pas que tu assistes au Conseil ?

Inti secoue la tête.

– Tant que Maïlyne n'aura pas pris de décision à mon sujet, je ne suis plus officiellement une Sœur de Feu.

Je fais la grimace.

– C'est rude.

« Et complètement injuste », je songe en mon for intérieur. J'évite de le dire à voix haute, cependant. Pas la peine de remuer le couteau dans la plaie.

Autour de nous, c'est l'effervescence. Ceux et celles qui ne sont pas de garde se pressent pour entrer dans la grande tente où va se tenir le Conseil. La nouvelle de la cargaison manquante et la décision des nouveaux propriétaires du Sanctuaire de Scyll de ne plus approvisionner Sophia a vite fait le tour du Sanctuaire. Les mines sont tendues, les discussions se tiennent à voix basse. La peur se lit dans tous les regards. Je les comprends sans peine – si Sophia et les autres Sanctuaires ne peuvent plus compter sur les cultures de Scyll pour leur alimentation, ils ne vont pas tarder à se retrouver à court de plusieurs denrées nécessaires.

Sans parler de la menace posée par cette secte. Je frémis en songeant au sort de Crésios.

La voix d'Inti interrompt le fil de mes pensées :

– Tu y crois, toi ? À ce que le Passeur nous a dit au sujet de ce prêtre ?

– Qu'il pouvait commander la Brume ?

Elle hoche la tête. Son regard sombre ne me quitte pas.

On m'aurait posé cette question il y a une semaine, j'aurais éclaté de rire. On m'a toujours enseigné que la Brume était un déchet toxique, une substance qui était produite par toute manipulation magique et qu'il fallait évacuer quand la seconde capsule de notre Vecteur avait fini de se remplir.

D'un geste instinctif, je saisis un des pendentifs à mon cou. Le lève à hauteur de mes yeux. La Brume qui y est emprisonnée s'agite mollement dans sa prison de verre.

Je ne me suis jamais posé la question de savoir si, oui ou non, on pouvait la manipuler.

Un frisson court le long de mon dos quand je songe que quelqu'un pourrait s'en servir pour nous faire du mal.

– Peut-être... Mais de ce j'ai aperçu au temple, la Brume me paraissait bien vivante, non ? Comme si elle était dotée d'une conscience...

Inti hoche la tête.

– C'est exactement ce que je pense aussi. En attendant, que faisons-nous ?

– Ça dépend de toi, je réplique.

– Pourquoi ? dit-elle en fronçant les sourcils.

– Tu as plus à perdre que moi dans cette histoire, je réponds.

Une partie de moi-même voudrait motiver Intissar suffisamment pour qu'elle m'accompagne dans ma quête d'informations, mais je ne peux pas m'y résoudre. Elle mérite que je fasse preuve d'honnêteté avec elle. Je réalise subitement qu'en dépit du peu de temps écoulé depuis que nous nous sommes rencontrés, je la considère au même titre qu'Ayrell ou Ellène.

Comme une camarade. Une amie.

– Si le Conseil de ce soir prend comme décision d'envoyer une mission diplomatique à Scyll et que Maïlyne refuse que tu l'accompagnes, sous prétexte qu'elle ne te considère plus comme une Sœur de Feu… Que feras-tu ?

Intissar détourne la tête. Pas besoin cependant de voir son visage pour comprendre le dilemme qui la travaille en ce moment. Soit elle demeure ici et elle interrompt notre quête, me laissant seule face au mystère à résoudre concernant ce Souffleur, soit elle m'accompagne, avec le risque de se retrouver exilée de Sophia.

Je lui laisse le temps de la réflexion. J'observe Cerbère, que nous n'avons naturellement pas abandonné sur le bateau, jouer avec une bande d'enfants. Le molosse a aussitôt été adopté par les gosses et certains sont en train de se disputer pour savoir qui pourra monter sur son dos. J'esquisse un sourire face à cette scène. Après autant de mort et de destruction, voir des enfants jouer comme si nous ne nous trouvions pas dans un monde dévasté fait du bien.

Et m'inspire également une furieuse envie de les protéger.

Je préférerais qu'Intissar m'accompagne, bien entendu, mais s'il me faut aller seule, j'irai. Me confronter à ce Souffleur et sa secte, me rendre compte par moi-même s'il s'agit bien de ce Dédale, l'empêcher de nuire… Peut-être apprendrai-je alors ce qu'il est arrivé à ma mère.

– J'irai.

La voix d'Intissar me sort de mes pensées. Elle est pâle, ses lèvres sont pincées mais dans son regard noir brille une farouche détermination.

– J'irai avec toi, précise-t-elle. J'ai déjà pris le risque de me faire exclure en me rendant à ton temple parce que je ne supportais pas l'idée que cette vague s'abatte sur vous tous. Je ne vais pas renoncer maintenant !

Elle reporte son attention sur les enfants qui piaillent et crient aux oreilles de Cerbère, lequel démontre une patience inattendue.

– Je refuse que cet homme – ou qui que ce soit d'autre derrière tout ça – fasse d'autres victimes.

Une flambée de joie inattendue embrase mon cœur. J'ai soudain envie de prendre Intissar dans mes bras et de la serrer fort. Je me retiens, cependant. En lieu et place, je lui tends la main. Elle la prend sans hésiter, sa peau brune formant un contraste frappant avec la mienne, beaucoup plus sombre.

– Demain, premier sablier ?

– D'accord ! Viens, je vais te montrer ma tente, propose aussitôt Intissar en se relevant.

– Pylos !

La Brume nous cerne de toutes parts.

Le sol se dérobe sous nos pieds.

– Pylos !

Nous tombons. Je m'effondre au sol. Par miracle, je n'ai rien. La poussière m'aveugle. Où est-il ? Je l'entends soudain crier – un son déchirant.

Je me précipite vers lui. Il est étendu sur le dos, yeux grands ouverts. Le sang se répand autour de lui. J'ai mal, si mal, je voudrais mourir là, tout de suite. Remonter le cours du temps. Le protéger, comme je m'étais juré de le faire.

– Attends, ne bouge pas. Laisse-moi te soigner…

Je cherche aussitôt mon Vecteur à tâtons. Mais il n'est plus là. Je me retrouve seule. Totalement démunie. Je le cherche du regard, affolée. Ce n'est pas possible, je n'ai pas pu le perdre !

Les larmes coulent sur mes joues. Je sais que c'est un rêve, rien qu'un cauchemar, je vais me réveiller.

– Héra…

Pylos tourne doucement la tête vers moi, la souffrance vibrant dans son regard.

Il faut que je le guérisse, que je trouve une solution.

– Tu vas t'en sortir, je te le promets !

Des mots qui sonnent creux.

Il lève la main jusqu'à ce que ses doigts frôlent les miens.

– Héra, je dois te dire quelque chose… C'est important…

Je me penche vers lui, le souffle court.

– Mégare…

Mégare. Ma mère. J'en demeure estomaquée.

– Que cherches-tu à me dire ?

Il n'a pas le temps de m'en apprendre plus. Un grondement se fait entendre. Tout s'écroule autour de nous. Le temple tout entier est en train de s'effondrer ! Je hurle le nom de Pylos. Nous basculons dans le vide. Et c'est alors que je la vois sous mes pieds : une immense vague de Brume, prête à m'engloutir…

Je me redresse d'un bond. Bouche grande ouverte. Je ne me souviens pas avoir crié, mais je dois l'avoir fait car le « pschit » discret d'une lanterne résonne dans la tente. Intissar, le visage cafouillé de sommeil, me regarde en clignant des yeux.

– Héra ? Ça va ?

La honte me submerge soudain. C'est déjà pénible de faire des cauchemars dès que je m'endors, mais si je me mets à réveiller quelqu'un d'autre par mes cris... Mes joues me chauffent.

– Oui, oui, désolée... Juste un mauvais rêve.

Je me recouche, le cœur battant à tout rompre dans ma poitrine, fermant les yeux. Quelle mauviette je fais ! Si seulement je pouvais chasser ces souvenirs de ma tête, oublier le corps de Pylos et cette Brume...

Je rouvre les paupières immédiatement. Dans ma confusion, je ne me suis pas rendu compte tout de suite que le cauchemar s'était modifié. Cette fois, Pylos a eu le temps de me parler une dernière fois avant de mourir. Pourquoi avoir imaginé qu'il me soufflait ce prénom ?

Que cherchais-tu à me dire ?

– Tu veux en parler ? demande Inti.

La douceur de sa voix me donne envie de me recroqueviller sur moi-même. Le « Non » me monte directement aux lèvres. Que penserait-elle de moi si je lui dévoilais mon cauchemar ? Si je lui révélais à quel point je me suis sentie impuissante quand Pylos a été tué ? Combien la culpabilité de ne pas avoir pu empêcher sa mort me tenaille ?

Je ravale mes peurs. Là, tout de suite, j'ai besoin d'une présence.

De quelqu'un qui puisse m'écouter. Je suis lasse de demeurer seule avec mes regrets. Mes doutes.

Ma culpabilité.

– Pylos… (Je déglutis). Il était toujours vivant quand je suis revenue à moi, après ma chute. Suffisamment en tout cas pour m'appeler et me dire qu'il avait quelque chose d'important à me confier. Et là, il me soufflait ce prénom. Mégare. Comme s'il voulait me dire quelque chose à son sujet mais…

Je la regarde comme si elle pouvait me dire ce que tout cela signifie.

– Et ensuite ?

– Ensuite, rien. Ou plutôt si – une nouvelle vague de Brume…

Je m'arrête là, encore frissonnante. Intissar hoche la tête. Elle semble hésiter avant de chuchoter :

– Tu sais, quand quelqu'un ici est poursuivi par des cauchemars, on lui propose une solution de pavot.

Je fronce le nez. Je n'ai jamais goûté cette décoction, mais je me souviens de l'odeur douceâtre, légèrement écœurante quand une de mes voisines de dortoir en prenait.

– Non merci. Aucune envie d'être malade.

– Je me doutais que tu dirais ça, glousse Inti, qui recouvre vite son sérieux. Ou alors…

Elle s'interrompt.

– Alors quoi ?

– Ils viennent me voir. En particulier si leurs cauchemars impliquent des personnes qui leur étaient chères. Des proches qui ont disparu.

Je l'observe, surprise et méfiante tout à coup.

– Comment pourrais-tu les aider ?

– Je suis capable de communiquer avec les esprits, je te rappelle, réplique-t-elle. La frontière entre eux et nous peut se révéler plus fragile que tu ne le penses. Je t'ai déjà parlé des spectres qui entraînent une part de Brume avec eux quand ils reviennent dans notre monde…

– Oui, d'accord, je l'interromps, mais quel rapport avec mes cauchemars ? Tu penses que… les morts parlent par ce biais ?

Je me sens soudain ridicule de le dire à voix haute. Si Amani m'entendait… Mais justement, elle n'est plus là pour m'écouter ou me conseiller.

Inti hausse les épaules.

– Je ne peux pas t'empêcher de rêver, mais je peux peut-être apaiser ton esprit.

Elle ne dit rien de plus. La balle est dans mon camp.

Je déglutis de manière audible. Pourquoi pas, après tout ? Si je peux éviter les cauchemars durant les nuits suivantes… Et puis, je fais confiance à Intissar.

Je finis par hocher la tête.

– D'accord.

14

INTISSAR

« Fini les raisins au goût sucré, les tomates juteuses, les olives qui produisaient une si belle huile ! Fini les fleurs embaumant la côte et les champs. Fini l'océan nourricier. Ce monde a perdu de manière irrémédiable une grande part de sa beauté, mon cœur en demeure brisé. »

Poème d'un auteur inconnu –
Troisième année du Bouleversement.

Je m'efforce de ne rien montrer du sentiment, mélange d'appréhension et d'excitation, qui me parcourt tout entière quand j'entends Héra me donner son accord. Elle se redresse, s'assied en tailleur sur la couverture que je lui ai donnée avant de me contempler, la curiosité et la peur se disputant dans son regard.

– Tout va bien se passer, je lui souffle.

J'ignore le fait que, pour la première fois, je vais convoquer les esprits en la présence de quelqu'un qui ne partage pas du tout les mêmes croyances que moi sur ce point. Je ne sais même pas ce qui pousse Héra à me faire confiance. Et pourtant, quand elle dépose sa main dans la mienne, paume contre paume, je ressens cette même impression qui m'a déjà surprise quand nous nous battions toutes les deux dans le temple et sur le pont de l'*Argo*.

Une harmonie, une unité. Nos deux magies se mêlant, se complétant l'une l'autre.

Je lui jette un coup d'œil pour essayer de lire sur son visage ce qu'elle ressent, mais Héra garde les yeux clos. La mine impassible.

Pas besoin de lui demander si elle est prête.

Je vérifie que le brasero est toujours allumé avant d'ouvrir le compartiment d'alimentation et d'en ressortir une brindille embrasée. Je pourrais faire la même opération avec l'Éclatante, mais autant épargner ma réserve pour le moment.

Je ferme les yeux à mon tour, alors que les premiers mots de l'invocation me viennent naturellement aux lèvres :

– Aïstos, dieu du feu, toi qui réchauffes, qui éclaires, qui repousses ténèbres et angoisse, entends mon appel…

Je me concentre sur ce que mes sens peuvent percevoir : la chaleur de la peau d'Héra, le rythme de nos respirations, les bruits extérieurs filtrant à travers les parois de la tente.

– Aïstos, toi qui nous offres réconfort auprès de ta forge, guide nos esprits jusqu'à toi…

Des étincelles picotent ma peau. Une chaleur bienfaisante se propage dans mon corps tout entier. Dans ces moments-là, j'ai l'impression de grandir, de dépasser mes limites, de devenir plus qu'humaine. Je me demande si Héra ressent la même chose quand elle éveille sa magie, si elle peut éprouver, par nos mains posées l'une sur l'autre, ce qui m'anime. Me fait vibrer.

– Aïstos, dieu créateur, qui nourrit notre imagination, permets-nous de trouver notre équilibre et notre bien-être par ta divine action…

Je m'interromps soudain.

Quelque chose ne va pas.

Ou plutôt – tout va trop vite.

À ce stade de la prière, je ne devrais pas ressentir la présence invisible, mais bien tangible qui semble grandir dans la tente que nous occupons. Ce contact froid, glacé, dégoulinant sur ma peau. Ces souffles hérissant les cheveux de ma nuque, ces chuchotis encore indistincts…

Les morts sont bavards ce soir.

Je m'efforce de retrouver ma concentration. La brindille que je tiens entre mes doigts se consume lentement. Je fixe son extrémité incandescente. Ne panique pas, Inti. Tu as fait ça des dizaines de fois, il n'y a aucune raison pour…

Un souffle tout proche s'insinue dans ma nuque. J'émets un hoquet de surprise avant de rouvrir les yeux. Et de demeurer figée.

J'entends à peine Héra, qui, déconcentrée elle aussi, me demande ce qui se passe.

Puis j'entends son cri.

Les spectres se tiennent tout autour de nous. Nous sommes cernées.

La température chute brusquement à l'intérieur de la tente. Le brasero s'éteint, telle une chandelle qu'on vient de souffler. L'obscurité nous engloutit. D'instinct, je plonge ma main libre dans ma réserve d'Éclatante, en ressors une pincée. La lueur familière me rassure un peu. Je serre les doigts d'Héra dans les miens, je la sens trembler. Je voudrais bien la rassurer, mais, moi-même, je n'en mène pas large. Jamais les esprits n'ont agi de cette manière auparavant. Aussi pressants, aussi déterminés.

– Reculez ! je gronde, de ma voix la plus assurée.

Je soulève la boule d'énergie qui prend lentement forme dans ma paume.

– Reculez, sinon vous n'obtiendrez rien de moi…

Je me concentre sur ma mission – invoquer Pylos et Amani, permettre à Héra de retrouver un peu de paix intérieure. Les mots familiers roulent sur ma langue alors que j'offre le flux brillant, se lovant dans ma main, tel un appât irrésistible :

– Reculez, esprits des morts. Je recherche deux d'entre vous. Eux seuls pourront goûter…

Une vibration envahit la tente. Les spectres resserrent leur cercle autour de nous. Je combats la tentation de me relever, brisant le contact avec Héra. Il est bien trop dangereux, à ce moment, de l'abandonner. Mes doigts se crispent sur son poignet. À deux, nous serons toujours plus fortes.

Soudain, un fantôme sort du cercle. L'espace d'un instant, je pense qu'il s'agit de ma mère, mais non. Dès que mon regard croise le sien, je devine d'instinct qui elle est. La couleur de sa peau, qui se distingue même dans son état spectral, sa manière de se déplacer et le Vecteur qui pend à son cou… Héra est subjuguée. Elle ne bouge pas alors que le fantôme s'abaisse à sa hauteur. Le sourire qui fend son visage est irrésistible.

– Bienvenue, Héra. Bienvenue, ma fille, déclare Mégare. Je t'attendais.

15

HÉRA

« Les dieux et déesses nous ont-ils punis en nous infligeant un aussi grand châtiment que le Bouleversement ? Je n'y crois pas. En revanche, je suis persuadé de l'erreur humaine, voire d'un sabotage volontaire. »

Ma vie après le Bouleversement,
témoignage d'Eyphaël, Sanctuaire d'Otis.

Ma mère.

Juste devant moi.

Je n'arrive pas à y croire.

Je la dévore des yeux.

Je sais que c'est elle – même si elle ne me l'avait pas dit, je l'aurais deviné. Des similarités physiques me sautent aux yeux : dans le regard, la bouche, les grains de beauté à la base du cou. Et cette expression que j'ai déjà surprise dans mon miroir…

Je n'ose rien dire. Que pourrais-je bien prononcer, d'ailleurs ? Les mots se pressent dans ma tête, mais aucun ne me semble assez juste, assez fort, pour décrire ce que je ressens.

Même le « Maman » m'échappe.

Elle semble le comprendre. La douceur de son sourire s'accentue.

– Je t'attendais, répète-t-elle. Nous t'attendions tous.

Et derrière elle, j'aperçois, un peu à l'écart, un groupe d'ombres immobiles. Je ne peux pas apercevoir leurs visages avec netteté. Cependant, leur posture, leur coiffure, leur taille, leur stature me parlent. Mes ancêtres.

Soudain, ma langue se délie.

– Pourquoi ? Pourquoi maintenant ?

Pourquoi ne s'être jamais manifestée durant toutes ces années, pourquoi ne m'être jamais apparue auparavant, pourquoi, pourquoi ?

Une partie de moi-même a bien conscience que je suis injuste, que jusqu'il y a une semaine je ne croyais pas aux spectres et j'aurais ri au nez d'Intissar si elle m'avait proposé d'entrer en contact avec eux avant cette nuit.

– J'ai toujours veillé sur toi. Tu n'as jamais perçu ma présence, mais j'étais là, me souffle-t-elle. Nous étions tous là.

C'en est trop. Les sanglots me montent à la gorge. Je fais un effort désespéré pour les contenir. En vain.

Le fantôme s'approche encore de moi, sa main frôle ma joue. Mais je ne ressens rien d'autre que ce frisson qui court sur ma peau.

– Le temps nous est compté, intervient soudain le chœur des spectres, qui nous entoure toujours.

Ma mère se relève à contrecœur.

– Il est l'heure, en effet.

Et, avant qu'Intissar ou moi-même puissions réagir, elle pose ses mains jointes sur les nôtres.

Ma vision flanche, devient floue.

Le monde bascule.

La nuit m'avale.

Chute.

Une longue chute dans les ténèbres glacées. Je voudrais crier, mais ma bouche ne m'obéit plus. Me débattre, mais mon corps demeure insensible. Esprit vivant emprisonné dans ma chair morte, voilà ce que je suis devenue.

Je reprends brutalement conscience au son d'un hurlement vrillant mes oreilles :

– Il est beau, mon poisson, il est beau ! Deux pièces la livre de sardines, deux pièces !

Un gros homme crie à pleins poumons derrière ses tonneaux remplis à ras bord de… quelque chose que je n'ai jamais vu auparavant. C'est petit, brillant, ça ne sent pas bon du tout.

Et pourtant, ça attire l'attention, comme celle de cette femme, qui se précipite, panier ouvert.

– Mets-m'en deux livres, Érasthane ! Ton poisson a intérêt à être frais, sinon je viendrai te chauffer les oreilles, compris ?

De ce discours, je ne retiens que le mot « poisson ».

Pylos m'en avait parlé, il était pêcheur.

Mais ce n'est pas possible, il n'y a plus de poissons depuis le Bouleversement !

Plus de poissons, plus de mer, rien que de la Brume et…

Je regarde ce qui s'offre à moi, médusée. La foule qui se presse autour de nous, bavardant, riant, s'interpellant. Les couleurs vives de leurs vêtements, les différents langages bruissant dans l'air, les odeurs qui réveillent mon estomac. Tant de monde, tant de vie. Et cette joie sur leurs visages, cette insouciance, comme si rien n'était jamais arrivé…

– C'est le cas. Nous sommes dans le monde d'avant.

Je tourne la tête. Le spectre de ma mère se tient à mes côtés. La nostalgie dans ses yeux me submerge. Je détourne le regard. À quelques pas de moi, Intissar contemple bouche bée cette rue débordante de monde.

– Nous sommes dans mes souvenirs, me glisse le spectre. Viens.

J'obéis machinalement, ayant du mal à croire que c'est là le monde d'avant le Bouleversement. Celui que la Brume a dévoré. Je ne sais que contempler. Il y a tant de choses inédites, incroyables ! Ce vol d'oiseaux au-dessus de la tête des passants, ces amis qui rigolent autour d'une table, un grand bol rempli d'un breuvage noir fumant entre eux, ces enfants qui se poursuivent autour d'une fontaine...

Une fontaine !

Je m'arrête net devant le flux d'eau qui retombe dans le bassin en contrebas.

J'ai soif. Si soif soudain. J'entends l'exclamation de surprise d'Inti. Je sais qu'elle éprouve exactement le même sentiment que moi.

Tant d'eau, offerte si librement, à qui en veut... C'est incroyable. Inespéré. Je guette les réactions des gens tout autour.

Mais personne ne s'extasie devant. Personne ne se bat pour y accéder et s'y désaltérer tout son saoul. Personne ne plonge les mains dedans.

En fait, tout le monde semble trouver ça normal. Banal.

Je ne comprends pas. Ne se rendent-ils pas compte de la richesse qu'ils ont à leur disposition ?

– Héra !

Je me dépêche de rejoindre ma guide, me glissant entre tout ce monde, qui ne se rend absolument pas compte de ma présence. Logique, en même temps, si nous nous trouvons bel et bien dans la mémoire de ma mère. Là, en cet instant, mes pensées ne sont pas tournées vers le miracle qui me permet de découvrir le monde d'avant le Bouleversement, mais plutôt vers ces personnes qui vaquent à leurs affaires quotidiennes. Ignorant que bientôt, il n'y aura plus rien de tout ça. Je devrais ressentir de la pitié, voire de la compassion pour eux.

Pourtant, je ne trouve dans mon cœur que colère et jalousie.

Une jalousie atroce – penser qu'ils avaient tout et que, nous, nous n'avons presque plus rien.

Une colère suffocante, aussi, contre le Bouleversement et tout ce qui m'a été ôté. Les jeux, les rires, ce parfum salé dans l'air, cette joie de vivre que je vois sur leurs visages… Rien de cela ne m'est vraiment familier.

Nous contournons une maison – jamais je n'en ai vu d'aussi haute – et nous débouchons sur une vaste place avec, en son centre, le bâtiment le plus majestueux qu'il m'ait été donné de voir.

– L'Académie, me murmure ma mère. C'est là que j'ai étudié.

Je demeure muette de saisissement.

– Regarde.

Elle tend la main vers un des murs, constellé de gravures. Nous nous en approchons, suivies par Intissar.

– Tous ceux, toutes celles qui ont étudié ici, avec la magie qui leur est propre.

Elle pointe du doigt un des noms situés juste audessus de ma tête.

– Le mien.

Mégare N'gozi. Un Vecteur a été taillé juste après son nom, ce qui signifie qu'elle est Prêtresse de l'Eau.

Je contemple le mur. Un symbole que je n'ai jamais vu auparavant, qui me rappelle de l'eau jaillissant d'une fontaine, y est présent en majorité. J'observe que par la suite il a été remplacé par un Vecteur. Sans doute figurait-il la magie de l'eau dans les temps anciens. Je surprends aussi d'autres signes annonçant qu'il n'y a pas que des Prêtres de l'Eau dans cette Académie. J'aperçois des flammes, des lignes courbes se finissant en boucles et même des mains jointes qui semblent tenir quelque chose dans leurs paumes. Est-ce là le symbole pour d'autres magies ?

Je me rends compte que j'ai posé la question à voix haute quand ma mère répond :

– Bien entendu. Tu ne pensais pas que la magie élémentaire se limitait à celle de l'eau ou du feu ? Souffleurs (elle me désigne les lignes courbes) et Semeurs (son doigt pointe vers les mains jointes) étudiaient à nos côtés.

La tristesse envahit son visage.

– Cependant, nous ne les avons pas beaucoup écoutés. Ils étaient peu nombreux et… nous les avons ignorés. C'était une erreur.

Avant que je puisse lui demander ce qu'elle entend par là, elle nous invite, Intissar et moi, à la rejoindre.

– Venez.

Je la suis, m'aventurant au sein de l'Académie. Une splendeur s'offre à moi. Partout où je pose les yeux, je trouve une débauche de couleurs – cascades d'ocre sur les murs et les robes des prêtres, flots d'azur s'enroulant aux plafonds et dans les jets élégants des fontaines, tourbillons émeraude et bronze que nous foulons aux pieds. Mon esprit est si accaparé par tous ces détails inédits que Mégare doit s'y prendre à plusieurs reprises pour attirer mon attention.

– Regarde !

Je me rends compte que nous nous sommes approchées d'une gigantesque ouverture pratiquée dans un des murs de l'Académie. Et de l'autre côté... Je demeure bouche bée devant l'immense cube cristallin.

Je sais ce que j'ai sous les yeux mais, en même temps, je n'arrive pas à y croire.

Inti se ressaisit plus vite que moi.

– Un réservoir.

– *Le* réservoir, la corrige doucement Mégare. Celui où nous centralisions toute la Brume collectée à travers la ville.

Je veux bien le croire ! L'ouvrage est monumental. Une montagne à lui tout seul. Je ne sais pas ce qui m'impressionne le plus – l'olympite nécessaire pour construire un tel appareil ou la quantité de Brume qui évolue à l'intérieur.

– Et ce n'est là que la partie visible, ajoute ma mère. Les réseaux d'olympite couraient sous terre, profondément enfouis, redistribuant la Brume dans les canaux et les autres réservoirs.

Sa voix se brise quand elle ajoute :

– Du moins jusqu'à ce que tout explose.

Explose ? Comment, pourquoi ?

– Un accident ? demande Inti, dont les yeux sont écarquillés.

Je n'ose même pas imaginer le désastre qui s'est produit à la suite de… Et puis je réalise que c'est exactement ce qui a donné naissance au monde tel que je le connais. La Brume libérée de toute entrave, submergeant ce monde, le faisant disparaître sous ses vagues évanescentes, ce roulis infernal.

Je me traite d'idiote – j'aurais dû comprendre que c'était de là que venait la Brume. La nausée me prend.

– Oh non, réplique Mégare et pour la première fois, je perçois de la colère dans son ton. Non, ce n'était pas un accident. Quelqu'un l'a provoqué. Laissez-moi vous le prouver.

Nouvelle chute dans les ténèbres, moins pénible cette fois. Le froid ne me pique pas autant. La sensation s'efface dès que je reviens à moi et que je découvre, tout autour de nous, un spectacle familier : l'océan de Brume.

Bientôt je réalise que nous nous trouvons à bord de l'*Argo*.

Un rire me parvient aux oreilles. Pylos ! Je me précipite vers les bancs de rame. Je le trouve là, en train de s'activer comme je l'ai si souvent vu faire.

– Pylos…

– Il ne peut pas t'entendre, Héra.

Je sais. Il n'empêche que mon cœur se brise une nouvelle fois en le voyant vivant.

Et bien plus jeune que dans mes souvenirs.

– Nous nous rendions au mont Olympus, déclare Mégare.

Un nom qui suffit à me sortir de ma torpeur.

– Pourquoi ? demande Inti, qui me rejoint en m'adressant un regard compatissant.

– Parce que c'est là-bas que le coupable s'est enfui. Moi et les autres…

Je me rends seulement compte de la présence des autres prêtres. Tous des Prêtres de l'Eau, avec leurs robes azur, leurs Vecteurs au cou. Tous des Guerriers. Excepté pour cet homme à la peau aussi noire que la mienne. Aucun Vecteur ne pend à son cou.

Mue par un instinct que je ne m'explique pas, je lève la tête vers Mégare.

Son regard est braqué sur cet homme. La douleur emplit son regard alors qu'elle souffle :

– Le serviteur d'Alcide… Xylès. Ton père, ajoute-t-elle en me gratifiant d'un coup d'œil comme si elle me mettait au défi de la juger.

Ce que je suis bien trop ébahie pour songer à faire.

– Oh.

Je n'ai pas le temps d'examiner Xylès davantage.

Autour de nous, le temps se saccade. Il faisait jour un instant auparavant, nous voilà plongées en pleine nuit. Pylos a arrêté de ramer. Devant nous se dresse le mont Olympus dans toute sa majesté. Je sursaute quand j'aperçois ma mère, bien vivante. Et dans ses bras…

– C'est bien toi, oui, me souffle Mégare, répondant à mon interrogation avant même que je l'aie formulée. Je n'avais pas d'autre choix que de t'emmener à bord. Pas après ce qu'il s'était passé. Ton père et moi pensions tous les deux te mettre à l'abri de cette manière.

Elle hausse les épaules.

– Cela explique comment Pylos m'a recueilli ensuite, je souffle, plus pour moi-même que pour ma mère ou Intissar.

Dire qu'il ne m'en a jamais touché mot… Mégare demeure silencieuse, suivant les prêtres dans leur ascension vertigineuse. Une montée facilitée par leur magie, naturellement. Nous les suivons, muettes à notre tour. Il me semble que cela dure des heures.

Quand nous parvenons enfin au sommet du mont, personne ne nous attend. L'endroit se révèle désert.

– Dédale, montre-toi ! hurle un des prêtres.

– Nous sommes là pour te juger…

– Tu dois répondre de tes crimes !

Rien. Pas un bruit. Pas un mouvement. Je commence à me demander si ces prêtres n'ont pas rêvé. Je contemple le lac d'eau douce, tout proche, à la surface si paisible. Celui-là même qui devait être la destination finale du second aqueduc… Amani n'aura jamais l'occasion de le voir.

Un « ploup » attire soudain mon attention. Je plisse les yeux. Quelque chose semble émerger des flots. Un remous, d'abord léger, puis de plus en plus fort, perturbe l'onde. Des vagues viennent s'échouer sur les rives. Soudain, du centre du lac surgit une bulle à taille humaine. Une bulle emplie de Brume.

Je recule d'instinct mais trop tard. Une vague blanchâtre déferle en direction des prêtres.

– Oh oui, c'est comme ça qu'il a procédé… souffle Mégare.

J'observe, horrifiée, les prêtres pris au piège. Certains dressent à temps un bouclier azur entre eux et la Brume. D'autres sont moins rapides et s'effondrent. Quelqu'un me prend par le coude – Intissar. Nous demeurons côte à côte, frissonnantes, alors que nous assistons à une bataille sans pitié. L'adversaire se tient tapi au cœur de la Brume, un noyau impénétrable qui le dissimule à nos regards. Et pourtant, il est bien là, comme le prouvent ses attaques ciblées, des vagues grises aux reflets bleu et blanc – quelque chose que je n'ai encore jamais vu.

– Comment… ?

– C'est l'œuvre de Dédale, un prêtre-magicien de l'Académie. Le Souffleur, ajoute Mégare alors que des cris de blessés et les plaintes des mourants résonnent dans l'espace désolé.

L'envie d'intervenir, de me joindre aux combattants, de faire disparaître ce repaire où il se cache me démange. Mais je ne peux rien faire. Je n'existe même pas ici. Ni mon corps, ni ma magie ne m'ont suivie.

Le spectre à mes côtés émet soudain un gémissement. Son regard est fixé sur Xylès qui vient de s'effondrer. Le cœur battant, j'observe la Mégare d'avant, la prêtresse combattant aux côtés des siens, se précipiter vers lui. Et être atteinte directement par une des attaques de Dédale.

Je n'y tiens plus.

Le mot « Maman ! » franchit mes lèvres – pour la première fois.

Je me précipite vers elle. Elle est recroquevillée sur son flanc, ses mains pressées contre son ventre. Une large tache sombre fleurit sur sa robe bleue. La souffrance crispe son visage. Je veux l'aider à arrêter le flot de sang, mais je ne peux pas la toucher. Mes doigts ne rencontrent aucun obstacle quand je les pose sur sa peau.

Je suis aussi impuissante que lorsque Pylos et Amani ont été tués.

– Maman…

J'entends à peine les pas d'Intissar derrière moi. Ni le murmure du spectre :

– Notre temps s'achève.

Le chagrin me terrasse. J'ai envie de hurler pour que ce cauchemar s'arrête, que ceux que j'aime ne meurent plus devant mes yeux.

La dernière chose que j'entends avant de basculer à nouveau dans la nuit éternelle des esprits est un rire.

Un rire d'homme.

Un rire victorieux.

16

INTISSAR

« Tout rejet de Brume devra dès à présent être transféré au Réservoir. L'utilisation des Vecteurs, des trappes de fumée et autres récipients provisoires pour celle-ci est désormais obligatoire. Quiconque ne respectant pas cette règle sera passible de lourdes sanctions… »

Édit d'Anaphorion IV, *Grand Maître de l'Académie de Mirar – Dixième année avant le Bouleversement.*

– Maïlyne, je t'en prie, il faut que je te parle…

– Pas le temps, Inti. Le Conseil a pris sa décision – nous devons nous rendre à Scyll au plus vite.

Ma Sœur de Feu ne me prête aucune attention, occupée à boucler son sac de voyage.

– Nous devons aller demander des comptes à ce prêtre et ses fidèles quant à la commande qu'ils n'ont pas honorée. Peu importe leur décision concernant les cultures – il faut leur faire comprendre à quel point nous sommes dépendants d'eux ! Ils ne peuvent pas se montrer aussi égoïstes.

– Je sais, Maïlyne, mais…

Elle se redresse, m'accorde – enfin – un coup d'œil. Je la vois froncer le nez en découvrant mon visage. Pas étonnant que j'aie une sale mine, je n'ai pas fermé l'œil de la nuit. La visite des spectres ainsi que les révélations des souvenirs de Mégare nous ont laissées, Héra et moi, complètement désemparées.

Et résolues à retrouver ce Dédale coûte que coûte.

– Tu sembles totalement épuisée, reprend Maïlyne sur un ton plus doux. Tu devrais aller te reposer.

Une suggestion que je meurs d'envie d'accepter, mais le sommeil devra attendre.

– Maïlyne, c'est urgent, je réponds. Vous n'allez pas avoir affaire à un homme ordinaire. Il s'agit d'un Souffleur, et…

– Les Souffleurs ont disparu, m'interrompt-elle d'un ton tranchant, qui n'invite pas à la réplique.

Pourtant, je m'obstine.

– Comment expliques-tu alors qu'il ait réussi à prendre le contrôle de Scyll ? À massacrer Crésios et ses hommes ?

– Intissar, tu n'es pas ma conseillère politique, que je sache.

Elle pose une main sur mon épaule.

– Je sais que tu veux bien faire, mais tu ne peux pas sauver le monde entier. Contente-toi de suivre les ordres, comme tu l'as toujours fait.

Je demeure muette. C'est là où Maïlyne se trompe. Elle n'a pas conscience que je ne suis plus l'Intissar d'avant. Ce que j'ai vu me pousse à enfreindre les règles de notre communauté. Tant pis. Je n'aurai aucun regret.

– De plus, tu m'as suffisamment désobéi. (D'un geste leste, elle me dérobe mon sac d'Éclatante, ne tenant aucun compte de mes protestations.) Tu vas rester ici jusqu'à mon retour. Montre-toi raisonnable et de bonne volonté. Je prendrai les décisions qui s'imposent à mon retour. En attendant…

Elle passe la tête hors de la tente.

– Laël !

– Oui, Maïlyne ?

– Ramène Inti dans sa tente. Assure-toi d'avoir toujours un œil sur elle et l'apprentie prêtresse.

Je n'en crois pas mes oreilles.

– Tu vas nous faire surveiller ?

– Exactement. Ne me regarde pas ainsi, tu sais que j'agis pour ton bien.

Et, sans se retourner, elle s'éloigne en direction du débarcadère, où le seul bateau dont Sophia dispose, le *Nikê,* l'attend déjà pour l'emmener jusqu'à Scyll.

– Je t'avais dit de ne pas insister, lance Héra dès que je pénètre dans la tente, sous la surveillance de Laël.

– Je sais… mais c'était plus fort que moi.

Héra ne semble pas particulièrement surprise de mon échec.

– Je pense qu'il est temps de nous évader, me chuchote-t-elle.

– Tu comptes t'y prendre comment ? je réplique. On t'a confisqué tes Vecteurs et…

– Un Vecteur, corrige-t-elle tout en sortant l'autre de sa poche. Tes Sœurs ne sont pas très observatrices !

– Oh.

– Alors, tu me suis ou je me fais la belle toute seule ?

Comme s'il y avait l'ombre d'un doute à ce sujet !

– J'avais dit doucement !

– Parce que tu connais le moyen d'assommer *doucement* quelqu'un, toi ? réplique Héra, qui rattrape Laël, inconsciente, dans ses bras avant de l'allonger par terre.

Je ne réponds pas. Je m'efforce de ne pas songer à ce que nous allons accomplir. Si j'y pense, la culpabilité va me terrasser.

– Dépêchons-nous ! souffle ma complice. Le bateau de Maïlyne et des autres est parti depuis au moins un sablier. Si nous voulons les suivre…

Pas de temps à perdre, j'ai compris. Je me dépêche de fouiller les poches de Laël. Je dérobe au passage ses couteaux et ses réserves d'Éclatante. Mes doigts tremblent. Si j'avais l'espoir de redevenir Sœur de Feu un jour, il vient définitivement de s'envoler.

Maïlyne ne va jamais me pardonner ce que nous sommes en train de faire.

Tant pis, s'écrie une part rebelle de mon esprit, elle n'avait qu'à m'écouter !

Je me relève, fourre mon butin dans le sac que me tend Héra. Elle se dépêche de le nouer avant de passer une tête prudente dans l'entrebâillement de la tente.

– Personne, chuchote-t-elle. C'est le moment de filer !

Et, sans m'attendre, la voilà partie à triple vitesse vers l'embarcadère.

Je jure à haute voix avant de la suivre du mieux que je peux. Heureusement, grâce au Conseil d'hier soir, qui s'est poursuivi jusque tard dans la nuit, la plupart de mes Sœurs et Frères dorment encore. Les rares qui ont eu la force de demeurer debout pour assister au départ de Maïlyne et de la délégation qu'elle emmène jusqu'à Scyll nous contemplent, les yeux embrumés de fatigue, sans nous poser de questions et, surtout, sans tenter de nous arrêter.

Nous nous apprêtons à monter à bord de l'*Argo* quand un aboiement retentit derrière nous. Cerbère, notre fidèle molosse, nous a suivies. Il frétille de la queue, impatient à l'idée de reprendre le voyage en notre compagnie. J'observe Héra, qui le contemple, toute la tristesse du monde dans ses yeux.

– Attends-moi ici, souffle-t-elle avant de se porter à la rencontre de Cerbère.

Je la vois s'agenouiller devant lui, le flattant de la main, le serrant contre elle.

Mon cœur se serre, mais nous n'avons pas le choix.

– Tu vas rester ici, d'accord ? C'est… trop dangereux, là où nous allons. Je refuse qu'il t'arrive quoi que ce soit.

Comme s'il l'avait compris, Cerbère se met à gémir.

Héra flanche, mais finit par se redresser après une dernière caresse, et me rejoint. Cerbère nous observe, immobile, avant de se mettre à hurler.

– Allez, viens. J'ai laissé un mot à l'intention de Saraï, il s'occupera de lui.

– Je l'espère bien, souffle Héra en serrant les dents.

Héra prend les rames d'autorité, campant ses longues jambes contre l'assise du second banc de rame. L'instant d'après, l'*Argo* bondit en avant. Une allure qui n'a rien de naturel !

– Tu ne veux pas que je t'aide ?

Elle secoue la tête.

– Laisse-moi faire, Inti. J'en ai besoin.

Je l'observe sans mot dire – les cernes sous ses yeux, cette expression hantée qui ne quitte pas ses traits. Je hoche la tête en silence. Je garde mon regard rivé sur l'horizon, refusant de contempler Sophia disparaître derrière moi.

Je veux me persuader que je pourrais y retourner. Que ce n'est pas la dernière fois que je vois mon Sanctuaire.

Suivre un bateau sans se faire repérer est moins évident qu'il n'y paraît.

Surtout quand, au fur et à mesure de notre voyage vers l'est, les pics montagneux se raréfient. Ce qui signifie moins d'obstacles entre nous et le *Nikê*.

– Ralentis la cadence, me souffle Héra, alors que je rame à mon tour. Sinon, elles vont finir par nous voir.

Je m'arrête là, reprenant mon souffle. Même avec l'aide de la magie, l'effort demeure considérable. Je me demande comment Pylos, simple Passeur, parvenait à manœuvrer seul son bateau !

– Il enrôlait généralement un de ses passagers les moins fortunés comme aide, répond Héra, qui semble lire en moi avec une facilité déconcertante. Il lui offrait en retour un tarif privilégié.

Je hoche la tête, avalant une goulée d'eau avant de poser la question qui me brûle les lèvres depuis ce matin :

– Est-ce que… ça va ?

Héra hausse les épaules.

– C'était… apaisant de voir ma mère, souffle-t-elle. De comprendre ce qui lui est arrivé. J'ai encore des questions, cependant. Si ce Dédale et le Souffleur de Scyll sont bien une seule et même personne, pourquoi a-t-il attaqué maintenant ? Pourquoi avoir attendu dix-sept ans s'il désirait tant nous détruire ?

– Il a peut-être essayé avant et nous l'ignorons.

Seuls les Passeurs jouent le rôle de poste entre les Sanctuaires, transmettant nouvelles et courrier en même temps que leurs passagers.

Si Arno ne nous avait par exemple pas informées du changement de pouvoir à Scyll, ou encore si je n'avais pas perçu la vague de Brume nous fonçant dessus avec ce serpent à sa tête…

Je m'interromps alors qu'une idée horrible se fait jour en mon esprit.

– Qu'est-ce qu'il y a ? me demande Héra. Tu vas être malade ?

Je secoue la tête, trop affolée par le soupçon que je viens d'avoir.

– Les monstres de Brume… Et si c'était lui qui les avait créés ?

– Comment ça ?

– Quel meilleur moyen pour nous atteindre que ces bestioles géantes, qui dévastent tout sur leur passage et qui ne peuvent être vaincues que par la magie ? Nous ne sommes pas nombreux à l'utiliser.

Les Survivants n'ont d'autre choix que de les fuir ou de mourir.

– Et pour une raison que nous ignorons encore, il a décidé que les monstres ne suffisaient plus…

Le souvenir des êtres emprisonnés à l'intérieur de la vague me revient en mémoire.

– Non, en effet, je chuchote.

Nous ne possédons aucune preuve de ce que nous avançons et, pourtant, je ne doute pas qu'il s'agisse de la vérité.

– Il nous faudra être discrètes quand nous arriverons à Scyll, reprend Héra. Nous ne pourrons absolument pas nous faire repérer, ni par les fidèles du prêtre, ni par tes Sœurs ou Frères de Feu. Nous devrons demeurer cachées jusqu'à ce que nous ayons la certitude qu'il s'agit bel et bien de Dédale.

– Tu oublies que nous n'avons pas vu son visage…

– Mais nous connaissons sa voix.

Elle serre les Vecteurs dans son poing et murmure, plus pour elle-même que pour moi :

– Je m'en souviendrai le moment venu.

17

HÉRA

« Je descends souvent sur les quais d'Otis bavarder avec les Passeurs. Tous se plaignent des réparations importantes qu'ils doivent apporter à leurs bateaux. Certains ont même dû renoncer à cette profession, faute de bois ou de cordage disponible pour entretenir leurs embarcations. »

Ma vie après le Bouleversement,
témoignage d'Eyphaël, Sanctuaire d'Otis.

Passer inaperçues à Scyll va se révéler plus facile à dire qu'à faire, je songe en examinant de loin les abords du Sanctuaire. Sous les rayons ardents du soleil, les cultures en plateaux affichent une verdure déconcertante. Néanmoins, en y regardant de plus près, certaines plantes sont desséchées, leurs feuilles pendant lamentablement vers le sol. Et surtout, les canaux d'irrigation creusés à même la pierre demeurent à sec. Ce qui finit par me troubler, c'est le silence absolu qui règne autour du Sanctuaire. Personne en vue dans les champs ou dans le port.

Et quand nous approchons de ce dernier, les silhouettes se balançant au bout d'une corde finissent de compléter le tableau.

– Quel endroit charmant…

Ma tentative de plaisanterie tombe à plat. Intissar ne quitte pas des yeux le *Nikê* amarré au port. La seule confirmation que Maïlyne et les autres sont bel et bien arrivés à destination. Elle scrute le flanc de montagne se profilant devant nous, mais rien ne nous dévoile ce qui se passe à l'intérieur.

Sans mot dire, je dirige l'*Argo* droit vers le port de Scyll.

Bien que nous essayions toutes deux de nous déplacer le plus silencieusement possible, nos pas résonnent de manière sinistre sur le débarcadère. Ce dernier est très bien entretenu d'ailleurs, je note avec une pointe d'envie. Quand nous arrivons au bout du quai, une volée de marches sculptées dans la roche nous emmène au niveau supérieur. Inti me fait signe de la tête, je la suis. Pas un souffle, pas un bruit, hormis celui de nos respirations. La peur s'insinue en moi au fur et à mesure de notre progression. Qu'allons-nous découvrir au sommet de cet escalier ?

Je ne tarde pas à avoir la réponse.

Rien.

Pas âme qui vive.

Le système complexe de poulies et de cordes servant pour débarquer les marchandises jusqu'au quai en contrebas pend dans le vide.

J'examine l'unique sentier qui serpente juste devant nous, menant droit vers les champs. Ce n'est certainement pas ce chemin que les Sœurs et Frères de Feu ont emprunté en arrivant ici.

Intissar se mord la lèvre, hésitante. Je demeure le poing serré sur mon Vecteur. Ce n'est quand même pas possible que tout le monde ait disparu d'un coup !

Intissar s'approche de moi.

– Regarde !

Elle me désigne quelque chose de sculpté dans la pierre. En m'en approchant, je constate qu'il s'agit d'un signe cabalistique, certainement tiré du langage codé qu'emploient les Prêtres de l'Eau.

Je suis cependant incapable de le déchiffrer.

C'est alors que je la perçois. Une vibration soudaine percutant mes oreilles.

Quelque chose d'inconnu et de familier en même temps.

Telle une magie étrangère.

– Par là !

Je n'ai pas fait cinq pas, néanmoins, que je me retrouve face à un mur.

Ou plutôt une barrière érigée à la hâte, comme le prouve l'amas hétéroclite d'objets dont elle est composée – bassines servant à la récolte, parois de tôle posées à la hâte, même des bouts de passerelle.

Comme si quelqu'un avait voulu nous barrer le chemin, nous empêcher d'accéder à l'intérieur du Sanctuaire.

– Aide-moi ! je demande à Inti avant de m'atteler à la tâche.

Petit à petit, je me déblaye un passage, aidée par Intissar, qui refoule sans pitié les obstacles derrière elle. Des échardes de bois se fichent dans ma peau, le bout tranchant des pierres me blesse, mais je n'en ai cure.

C'est un passage tortueux entre deux maisons abandonnées qui se déroule devant nous. Je m'y faufile, Intissar sur les talons.

Un souffle de vent venu de je ne sais où joue dans mes cheveux, rafraîchit ma peau en nage. Je frissonne à cette sensation nouvelle.

Sous mes pieds, le frémissement que j'avais perçu tout à l'heure s'interrompt brutalement.

Le Souffleur est à l'œuvre.

Je franchis un dernier tournant.

Et je m'arrête net.

Un instant plus tard, Inti me rentre dedans. Je serre les dents, j'absorbe le choc.

– Que… ?

– Chut !

Je me contorsionne, je me plaque contre le mur d'une maison et tire Inti vers moi. Son regard se pose sur la scène en contrebas. Ses yeux s'écarquillent, son teint blêmit. Un frisson remonte le long de mon dos.

La bonne nouvelle, c'est que nous avons trouvé Maïlyne et les autres.

La mauvaise, c'est qu'ils sont tenus prisonniers et qu'entre eux et nous se dresse une foule, toute vêtue de blanc.

Les fidèles du prêtre – car j'imagine bien qu'il s'agit d'eux – se meuvent lentement autour des prisonniers, rassemblés au centre de la place. De l'endroit où nous sommes, nous avons une vue immanquable sur ce qui se passe. Je calcule la distance – à peine quelques mètres entre eux et nous. Mais la descente est raide et, de plus, je soupçonne que la magie est à l'œuvre.

Car nous avons beau voir la bouche des fidèles s'ouvrir, leurs pas marteler le sol, aucun son ne filtre.

– Par la barbe d'Aïstos ! souffle Intissar, me jetant un coup d'œil. Tu penses que c'est là l'œuvre du Souffleur ?

– Je ne le pense pas, j'en suis sûre, je marmonne le plus discrètement possible. Regarde.

Je désigne du menton l'autre extrémité de la place.

Une silhouette solitaire se tient devant les fidèles, observant leur danse. Derrière elle, la place débouche droit sur un précipice. Je vois que des gravats ont été amassés de part et d'autre de l'ouverture. Des maisons ont-elles été démolies pour libérer cet accès ? Et dans quel but ?

Intissar pousse un petit gémissement. Son attention est focalisée sur le groupe entouré par les danseurs. Maïlyne et les autres, naturellement, mais je remarque aussi des robes bleues parmi eux. Eskalès et les autres prêtres envoyés ici pour contribuer au projet de construction du second aqueduc, sans nul doute.

Ils demeurent tous immobiles. Le regard perdu dans le vague. Une absence d'expression et de réaction qui me file la chair de poule.

Je m'accroupis au bord de la corniche où nous nous trouvons.

– Je pourrais… commence Inti.

– Tu ne peux pas employer ta magie, elle va nous faire repérer en un clin d'œil !

– Hé, je peux aussi faire preuve de discrétion !

– Tu tiens à exposer ta flamme aux courants d'air que ce prêtre peut générer ? Tu penses vraiment que c'est un bon plan ?

Intissar émet un claquement de langue agacé, mais ne proteste pas.

À mon tour de jouer.

Même si la barrière qui étouffe les sons a l'air de fonctionner également dans l'autre sens et que l'attention tout entière du groupe semble être accaparée par ce qui se passe en contrebas, inutile de prendre un risque inutile et de nous faire repérer.

J'empoigne mes Vecteurs.

Le flot azur de ma magie s'éveille aussitôt.

Je résiste à la tentation de procéder comme je l'ai toujours fait – les Guerriers ne sont pas spécialement réputés pour leur doigté, après tout. Frapper d'abord et frapper fort, telle est notre devise. Or, ici, clairement, je dois pratiquer d'une autre manière.

Inti m'observe, sourcils haussés. Heureusement, elle ne pose aucune question alors que je me concentre. Au bout de mes doigts, un jet discret fleurit soudain. Je le modèle aussitôt, le transformant jusqu'à ce qu'il soit aiguille, prête à s'infiltrer dans ce dôme, cette bulle qui semble recouvrir toute la place en contrebas.

Je la vois s'envoler avec mille précautions, la dirigeant d'un toucher, d'une simple pression jusqu'à ce qu'elle se pose au bord du petit ravin qui nous sépare de la foule.

Une résistance soudaine se révèle. Je sens une toile, invisible mais bien tangible, s'opposer à ma magie. Quel genre d'ouvrage est-ce là ?

J'accentue mon effort.

À mes côtés, Intissar se tient prête, les doigts déjà posés sur le sac de cuir contenant l'Éclatante. Doucement, je songe, doucement.

L'aiguille indigo s'enfonce peu à peu dans la barrière invisible, avant de pénétrer tout entière à l'intérieur. Un souffle se faufile jusqu'à nous. Une ouverture ! J'ai réussi !

Des bribes de son nous parviennent alors.

Un chant dont je ne comprends pas les paroles – celui des fidèles.

Leurs pieds tapant en cadence sur le sol.

Leurs mains frappant l'une dans l'autre.

Une mélodie hypnotique.

Et ce vent, qui nous ébouriffe les cheveux… Je ne m'y habitue pas.

Intissar m'attrape soudain la main.

— J'ai déjà senti ce courant, quand je me suis approchée de la vague de Brume… murmure-t-elle.

La silhouette solitaire du prêtre redresse brutalement la tête.

Je plaque ma main sur la bouche d'Inti, la réduisant au silence. Je m'efforce de demeurer immobile. Heureusement que nous nous trouvons dans un coin d'ombre ! Le prêtre tourne la tête à droite, puis à gauche.

A-t-il réalisé que son dôme de silence a été percé ?

Quoi qu'il en soit, il claque soudain des mains. Un bruit amplifié en coup de tonnerre. On peut dire qu'il soigne sa mise en scène !

Les fidèles s'arrêtent net. Tous se tournent vers leur chef.

– Mes amis… commence-t-il.

Les dieux en soient loués, il utilise la Langue Commune.

Je tends l'oreille, cherchant à reconnaître si j'ai déjà entendu cette voix éraillée, comme si elle n'avait plus servi depuis longtemps.

Est-ce la même qui riait si cruellement en combattant les prêtres sur le mont Olympus, il y a dix-sept ans ?

Est-ce là ce Dédale dont ma mère m'a parlé ?

– Quand je suis venu à vous, seul et démuni, avec pour seul bagage les rêves d'un monde meilleur, vous m'avez accueilli. Vous m'avez suivi jusqu'ici. Vous m'avez fait confiance. (Il étend les bras vers eux et une clameur s'élève de la foule.) À mon tour de récompenser votre fidélité… À présent, je vous le promets : vous ne connaîtrez plus jamais la faim ou la soif !

Des hourras s'élèvent alors que je fronce les sourcils face à ce discours utopiste. Comment peut-il leur offrir une existence meilleure alors qu'il a décidé d'arrêter les cultures de Scyll ? Avec quoi compte-t-il tous les nourrir ? Tout ça n'a aucun sens !

Inti se dégage doucement de mon étreinte. Son regard demeure fixé sur Maïlyne et les autres, qui n'ont toujours pas bronché. Le peuvent-ils seulement ou sont-ils victimes de la magie de ce prêtre ?

– Aujourd'hui est le début d'une nouvelle vie pour vous tous ! Car vous allez connaître l'immortalité…

Le tumulte s'accroît encore.

Le prêtre tourne les talons, fait face au précipice, qui donne droit sur l'océan de Brume en contrebas.

– Agâshê ! crie-t-il.

Je n'ai même pas le temps de me demander ce que cela veut dire. L'instant d'après, la tête immense d'un serpent de Brume surgit. Ses écailles légèrement plus grises que la couleur ordinaire de la plupart des monstres, qui se confondent avec leur environnement.

Inti pousse un cri – « Je le reconnais ! » – heureusement avalé par le chaos qui naît en contrebas.

Ou plutôt une déferlante d'acclamations. Les fidèles du prêtre ne semblent absolument pas terrifiés par cette apparition. Au contraire.

– Agâshê ! Agâshê !

Je n'en crois pas mes oreilles. Ces gens sont-ils en train de célébrer la venue du serpent ? En réponse, la bête ouvre grand la gueule, exhibant des crocs bien plus longs qu'un homme.

– C'est le monstre qui se trouvait à la tête de la vague de Brume, murmure Intissar, sous le choc.

Le même qui s'est enroulé autour d'un des piliers de l'aqueduc. Celui qui a coûté la vie à Pylos.

Je serre le Vecteur jusqu'à m'en faire mal. Une vague de colère enfle en moi. Il me faut détruire cette créature ! Sans oublier celui qui la commande…

– Que le premier Sacrifice s'avance ! ordonne le prêtre.

Sans hésitation, une jeune femme se dirige vers lui, ses longs cheveux blonds se soulevant au rythme de ses pas.

Elle s'agenouille devant le prêtre et ce dernier pose la main sur sa tête.

– Me fais-tu confiance, mon enfant ?

– Oui.

– Es-tu prête à abandonner derrière toi tout ce que tu as connu jusqu'ici ?

– Oui.

– Alors, relève-toi. Je t'offre l'éternité.

Et il l'emmène vers le serpent. Gueule ouverte. Je sens la révulsion me saisir à la gorge.

Sans manifester de peur, celle qui s'est portée volontaire s'accroupit en face du monstre, avant de s'étendre par terre, bras écartés. Joue contre le sol. Offerte.

– Agâshê ! Agâshê ! clame la foule.

Le prêtre demeure immobile pendant quelques instants. Puis abaisse le bras.

Le serpent obéit immédiatement. Enfonçant ses crocs dans le corps de la jeune femme.

– Non ! crie Intissar.

Mais la jeune femme est déjà condamnée ; son corps est agité de quelques soubresauts avant de définitivement s'immobiliser.

– Agâshê ! Agâshê !

Le tumulte grandit encore. Le prêtre étend la main vers le cadavre. Et, à ma grande horreur, ce dernier semble se dédoubler. Une forme en surgit. Une silhouette évanescente.

Je pense d'abord qu'il s'agit d'un spectre, mais non. C'est de la Brume !

Prenant possession de sa victime, la dévorant tout entière, comme elle l'a fait pour Andrès.

– Contemplez le premier Sacrifice ! Le premier être d'une race nouvelle… Celle de la Brume.

La jeune femme se balance doucement sur place, les yeux clos. Le prêtre agite la main et elle s'incline devant lui.

La nausée me tord le ventre alors que je comprends que cette jeune fille rejoindra sans nul doute une prochaine vague de Brume.

– Abandonnez votre enveloppe charnelle, oubliez votre estomac torturé par la faim, votre langue desséchée, vos peines et vos douleurs. Oubliez cet univers misérable, où vous n'avez connu que souffrance et malheur. Arrêtez de songer au monde d'avant... Il n'existe plus !

Et à qui la faute, sinon à lui, ce Souffleur qui semble connaître la Brume sur le bout des doigts ?

Ce Dédale, car je n'en doute plus à présent, qui se prétend l'égal des dieux ?

– Venez à moi, chuchote-t-il, sa magie s'assurant que nous entendions chaque mot enjôleur. Venez. Ensemble, construisons un monde meilleur !

Ce n'est qu'un leurre, une illusion. Tout ce que Dédale va faire, c'est les utiliser pour recréer une vague de Brume et lancer une autre attaque dévastatrice sur un Sanctuaire. Et, même si j'ignore ses motifs pour agir maintenant de cette manière, la colère bout déjà en moi.

– Qui sera le prochain ? demande-t-il.

Et, avec horreur, nous le voyons tourner la tête non pas vers ses fidèles, dont certains crient déjà dans l'espoir d'être pris comme volontaires, mais bien vers ses prisonniers.

– Moi !

Je me rends compte avec stupeur que cette réponse vient d'Intissar.

Le prêtre lève la tête vers nous. Inti prend une profonde inspiration avant de se lancer en contrebas. Droit parmi les fidèles.

Une flamme jaillit l'instant d'après. Le silence stupéfait qui avait suivi son cri se brise. Des exclamations paniquées jaillissent dans la foule. J'agis d'instinct – plus besoin de discrétion, à présent. Ma magie agit telle une immense lame, déchirant le dôme d'air tissé de part en part.

Brisant au passage les liens qui retenaient prisonniers Maïlyne et les autres.

Un cri résonne immédiatement. J'entends le son désormais familier de l'Éclatante qui s'embrase. Un incendie maîtrisé, contrôlé. Les fidèles s'éparpillent sur la place, dans la confusion la plus totale. Seul le prêtre demeure immobile, auprès de son serpent.

Et, filant droit vers eux, la flamme scintillante d'Intissar.

Je me rue à sa suite. Je redoute d'arriver trop tard pour la rejoindre. L'impact me coupe le souffle. Je roule au sol avant de me relever.

J'entends le prêtre – Dédale – crier des imprécations, des plaintes s'élever, des exclamations victorieuses.

La même vibration que j'ai déjà ressentie enfle sous mes pieds. Mais je n'en ai cure.

Intissar, il me faut trouver Intissar…

Là-bas !

Je file vers elle, me frayant un chemin parmi les futurs sacrifiés en déroute et les Sœurs et Frères de Feu formant un bouclier flamboyant contre les attaques de Dédale, des bourrasques emportant la Brume avec elles.

– Intissar !

Elle se dresse seule devant la silhouette formidable du serpent.

Il ondule de droite à gauche, la surveillant de son regard d'onyx.

Elle lève la main. Un jet de flammes en sort. Avec une rapidité incroyable, Agâshê l'évite. Puis il fond sur son adversaire. Se heurte à un écran de feu. Recule. Revient à la charge.

Je fonce.

Plus que quelques mètres et…

Dédale hurle soudain un mot que je ne comprends pas. Une bourrasque me jette à terre.

Elle déséquilibre Inti, qui vacille avant de chuter sur un genou. Sa défense faiblit, s'éteint un instant. C'est plus de temps qu'il n'en faut pour que le monstre attaque. J'entends son claquement de dents. Je lève la main. Un flot d'eau jaillit de ma paume, atteint Agâshê qui se retrouve aveuglé.

Il résiste, s'agite, cherche à y échapper.

Peine perdue. Je persiste et il finit par abandonner, se jette en arrière et disparaît dans l'océan de Brume.

Je reprends mon souffle, cherchant Inti du regard. Mon cœur manque un battement quand je la découvre étendue sur le sol. Inconsciente.

Je me laisse tomber auprès d'elle.

Elle respire ! Je la tourne vers moi avec précaution. Mon souffle se bloque dans ma gorge.

Sur son flanc droit s'étend une profonde lacération.

Et au milieu des chairs déchirées et du sang palpitant, un mince filet de Brume se propage dans la plaie.

18

INTISSAR

« L'autre jour, nous avons recueilli une famille entière qui avait échappé de justesse à une secte se développant dans un Sanctuaire voisin. Ces derniers nous ont raconté qu'un prêtre inconnu leur avait promis la vie éternelle, libérée de toute contrainte et de toute douleur... »

Extrait d'une lettre adressée par un anonyme de l'Est du monde post-Bouleversement aux autorités de l'aqueduc.

Le feu m'enveloppe tout entière.

– Inti ? Inti !
– Elle ne nous entend pas...
– Amenez-la par ici ! Doucement !

La douleur explose dans mon crâne. Jamais je n'ai eu aussi mal.

Des décharges me submergent.

Que s'est-il passé ?

– Gélad, Analdine, empêchez que quiconque vienne nous déranger ! Les autres, donnez-moi vos réserves d'Éclatante...

– Que comptez-vous faire exactement ?

– À votre avis ? Il faut nettoyer cette plaie au plus vite, sinon elle risque de s'infecter.

– C'est déjà fait.

– Quoi ?

– La Brume... Je l'ai vue se propager !

La Brume ? Je voudrais en savoir davantage, mais mon corps ne répond plus. Il me semble que je flotte, comme lorsque je pénètre dans le monde des esprits. Néanmoins, cette fois-ci, aucune boule d'énergie ne flamboie dans ma main pour me guider de nouveau auprès des vivants. Je suis seule. Démunie.

– Couvrez-la !

– Vous pouvez au moins vous rendre utile, apprentie...

– Je suis Guerrière, pas Guérisseuse !

La voix d'Héra me rassure un peu. La savoir toute proche me donne de la force. Je sais qu'elle ne me laissera pas tomber. Qu'elle viendra me rechercher par la peau du cou, peu importe l'endroit où je me trouve. Je repense à nos deux magies unies, cette harmonie quand nous combattons ensemble. Quand nous avons franchi la frontière séparant les vivants des morts. Des souvenirs qui m'ancrent dans le réel.

– ... est Dédale ?
– Qui ?
– Le prêtre qui vous a emprisonnés !
– Ce maudit souffleur d'air a disparu...

En dépit de tous mes efforts, je me sens dériver. Un brouillard obscurcit mon esprit. Une substance informe, intangible me recouvre peu à peu. J'ai peur, soudain. Que se passe-t-il ? Au prix d'une immense dépense d'énergie, j'ouvre les yeux.

La Brume me cerne de toutes parts.

Elle étouffe les voix d'Héra et des autres, celles qui, je le devine, sont en train de se battre pour que je demeure en vie. Je baisse la tête vers mon flanc droit, où le croc du serpent m'a atteinte. Suffisamment pour rompre le cuir de ma tunique, taillader les chairs. Le sang s'écoule. Avec terreur, je constate que la Brume émerge de la blessure, doigts fantomatiques qui n'ont qu'à se resserrer pour me prendre au piège.

– Non, non... Non !

Je crie, mais personne ne m'entend.

Je suis seule face à la Brume.

Mes doigts cherchent d'instinct le sac de graines d'Éclatante, mais ne rencontrent que du vide. Un rire moqueur s'élève.

Je serre les poings. Si elle croit m'avoir, me dévorer toute crue comme elle l'a fait avec Andrès...

Tout mon être s'y refuse. Je n'ai peut-être plus ma magie dans ce monde fantomatique, cet espace informe, cet entre-deux où la Brume vient de me piéger, mais je ne me rendrai pas sans combattre. Je ne suis pas une sacrifiée, moi !

Comme si elle avait entendu mon appel, une silhouette apparaît soudain devant moi. La jeune fille de tout à l'heure, celle qui s'est offerte à la morsure d'Agâshê, me contemple avec de grands yeux. Une double plaie la déchire de part en part. Du sang macule ses cheveux blonds.

Nous nous regardons en silence, l'espace d'un instant. Elle semble complètement déboussolée. Comprend-elle qu'elle a été piégée, ni vivante, ni spectre, emprisonnée dans cet amas de Brume ?

– Il m'avait promis... souffle-t-elle soudain. Il m'avait promis que je n'aurais plus soif. Plus faim.

Une avidité nouvelle luit sur ses traits. Sa lèvre se retrousse, dévoilant ses dents. La même expression que j'ai déjà vue sur les êtres coincés à l'intérieur de la vague de Brume se peint sur son visage.

– Il m'avait promis ! continue-t-elle à protester, comme si elle espérait que sa plainte pouvait changer quoi que ce soit.

Je ne peux pourtant pas m'empêcher de répondre :

– Il a menti. Il t'a trompée.

Elle me regarde, la douleur fleurissant dans ses yeux avant que la faim ne la remplace. Elle se frotte le ventre.

L'espace d'un instant, je me demande si elle va m'attaquer, se jeter sur moi. Mais non – la Brume revient à la charge et la dissimule à ma vue.

Elle déploie ses volutes autour de moi, me cernant de toutes parts. Elle s'approche, rampe dans ma direction, d'abord lentement, prudemment, comme si elle pensait que j'allais résister, ensuite, quand elle voit que je ne peux lui opposer aucune magie, plus franchement.

Je recule avant de m'arrêter et de constater que je suis piégée.

Je n'ai nulle part où me réfugier.

Le désespoir me saisit. Cela ne devait pas se passer comme ça ! Pas maintenant en tout cas, pas alors que mes Sœurs et mes Frères se battent pour ma survie. Penser que je vais mourir et que Dédale, le fauteur de troubles, celui qui a lâché la Brume sur terre, va survivre…

La fureur me saisit.

– Non !

La Brume stoppe sa progression. Recule un instant pour mieux revenir à la charge.

– Non !

Elle s'arrête à un pouce de mon visage. Elle me nargue.

« Tu ne peux rien faire contre moi, semble-t-elle me dire, tu es à ma merci et je vais finalement t'emporter... »

– Non, je gronde. Non, tu n'y arriveras pas !

C'est stupide, complètement idiot. Comment puis-je espérer survivre et encore moins résister à pareil assaut ? Tout le monde sait que la Brume est toxique ; « Ce que la Brume prend, elle ne le rend jamais », ont l'habitude de dire les Passeurs.

Et pourtant, je refuse de m'écrouler. Je suis debout. Et je défie du regard, du poing, de toute ma volonté cette masse informe, évanescente, qui me menace. Dans mon esprit naît une étincelle. Je me souviens de la chaleur du feu, de la danse des flammes, du fantôme de ma mère, de l'Éclatante qui naît au bout de mes doigts, de l'embrasement de mes sens. À cet instant où la mort me menace, est sur le point de m'engloutir, je m'accroche désespérément à la vie.

La Brume se regroupe avant de se propager telle une masse géante. Elle se montre si rapide que je n'ai pas le temps d'esquisser le moindre geste.

Je suis emportée.

– Intissar !

– Je ne sens plus son pouls...

– Nous sommes en train de la perdre !

– Inti, si tu meurs maintenant...

Je me recroqueville sur moi-même, espérant contre toute attente échapper aux attaques incessantes de la Brume. Peine perdue – elle s'infiltre partout. Dans mes vêtements, dans ma bouche ouverte sur un cri qui ne franchira pas mes lèvres, dans mon nez, dans ma blessure. Partout.

La panique me submerge. Je ne veux pas mourir ! Pas de cette manière…

Alors je ferme les yeux. Je me concentre. Je cherche dans mon for intérieur cette source brillante, cette flamboyance qui ne m'a jamais lâchée. Qui a toujours été présente.

Ma magie. Ma Flamme intérieure. Mais je ne rencontre que de la Brume. Du néant, qui semble aspirer toute mon énergie. Tous mes souvenirs aussi.

Je sens le désespoir me gagner.

Une voix inhumaine choisit ce moment pour me susurrer à l'oreille.

Renonce. Laisse-toi sombrer. Tu n'auras plus à t'inquiéter de quoi que ce soit…

La Brume elle-même cherche à me faire plier.

– Non, non, non !

Je sais que c'est faux. Mensonges, chimères ! Je me bats. Je me battrai jusqu'au bout, même si c'est illusoire. Je fouille ma mémoire, je cherche la moindre trace, le moindre signe que ma magie n'a pas disparu.

Une étincelle. À peine plus qu'un picotement. Ça suffit. Je m'y cramponne, je refuse de céder. Le froid s'intensifie, à l'extérieur comme à l'intérieur. La Brume voudrait me voir plier.

Renonce !

– Non !

Je suis toujours vivante. Et j'entends bien le rester.

Un grondement me parvient.

Oh, tu penses pouvoir me résister ? Tu penses te battre, hein ? Regarde, alors ! Ouvre les yeux et contemple mon œuvre !

J'obéis par réflexe. Et je demeure bouche bée.

La Brume m'a déposée à l'endroit même où nous avions atterri quand le spectre de Mégare nous a emmenées, Héra et moi, dans ses souvenirs.

Plus de marchand de poisson, cette fois. Plus d'enfants jouant autour de la fontaine. Plus de vol d'oiseaux autour de nous. Tout est silence.

Excepté ce son qui me parvient, monotone. Persistant. Un bruit de mâchoires à l'œuvre. Broyant, dévorant, grignotant. Un appétit jamais rassasié.

C'est moi que tu entends. J'absorbe ce monde, morceau par morceau. Rien ne me résiste.

Pour me le prouver, un pan de mur tout proche s'effondre. Briques, tuiles et pierres se fracassent au sol. Je me rends compte que plus aucune maison n'est intacte. Il ne reste que des ruines, des murs écartelés, brisés.

Regarde !

L'Académie surgit devant moi. Du moins ce que j'en reconnais. Disparu le dôme doré, disparu le mur où étaient gravés les noms de tous ceux qui y avaient étudié. Disparu la splendeur d'antan, les couleurs vives, les robes étincelantes, le doux murmure de l'eau dans les vasques des fontaines.

Une beauté gâchée, avilie, souillée par la Brume et son appétit sans fin. J'ai la sensation d'un immense gâchis, d'une perte que rien ne pourra jamais combler.

Nous avons perdu dès le moment où le réservoir a explosé. Notre magie n'est qu'un moyen de nous faire gagner un sursis. Un répit.

Tu commences à comprendre, petite flamme.

L'Académie disparaît, ma vision devient floue. La douleur s'accentue, irradie mon corps tout entier. La Brume me dévore de l'intérieur.

Oh attends, je n'en ai pas encore fini avec toi... Plongeons !

Je sombre dans une étendue sans fin.

Je m'y noie. Des formes gigantesques apparaissent furtivement, ombres fugaces.

Puis le serpent géant surgit, éclair gris dans ce néant dont il est issu. Un néant qui le compose, lui donne forme et vie.

Agâshê !

Ma colère refait brièvement surface.

Il m'adresse un regard que je ne peux pas déchiffrer, avant de se retourner avec une aisance incroyable compte tenu de sa taille. Il ouvre grand la gueule. Et arrache… quoi, au juste ?

De la roche. De la pierre. De la terre. Peu importe au fond, n'est-ce pas ? Contemple la force de mes enfants !

Le serpent revient à la charge. D'une torsion puissante de la tête, il plante ses crocs dans le flanc de la montagne, en extrait une énorme bouchée de roc et l'avale tout cru. Je contemple la blessure de la terre.

Dédale avait raison.

La Brume va recouvrir ce monde. Elle va nous engloutir. Les Sanctuaires tomberont, un par un. Les Survivants n'ont aucune chance.

La Brume ronronne à mon oreille.

Tu vois qu'il ne sert à rien de se battre, petite flamme. Dépose les armes. Accueille-moi en ton sein. Je te promets que tu ne ressentiras aucune douleur. Laisse-moi venir...

Si je pouvais pleurer, je le ferais.

Pleurer pour moi, pour les miens, pour Héra, pour ce monde irrémédiablement gâché, torturé.

Chut, chut. Arrête de t'agiter. Ferme les yeux. Tu as bien lutté, petite flamme, mais c'est fini. Rien ne peut me vaincre.

Rien ?

Vraiment ?

Quelque chose cloche.

Un souvenir remonte à la surface.

L'olympite !

Le seul matériau sur terre capable de contenir la Brume. Celui-là même que Dédale a fait exploser grâce à sa magie.

Une idée qui me réchauffe l'espace d'un instant. Mais c'est assez.

– D’accord, je souffle. D’accord. Tu as gagné. J’ai un dernier souhait, cependant…

Oh ? Et quel est-il ?

La Brume est d’humeur joueuse, elle ne se doute pas un instant que je n’ai aucunement l’intention de lui céder.

– Emmène-moi au mont Olympus. Je ne l’ai jamais vu et je voudrais le contempler, au moins une fois avant que tu ne m’emportes…

La Brume demeure silencieuse. Je la sens réfléchir.

Pourquoi pas, après tout ?

Et, l’instant d’après, je me retrouve au sommet du mont solitaire. Le lac aux eaux cristallines se révèle si paisible, ses eaux reflétant le bleu pur du ciel. On pourrait penser que rien n’a changé depuis que Mégare y a posé le pied.

Le lac d’où Dédale a émergé pour vaincre ses anciens collègues de l’Académie. J’ai le sentiment que la solution est à portée de main. Surtout quand, à mon oreille, la Brume s’impatiente.

Je t’ai obéi. À ton tour d’en faire autant !

Je lève la main en signe d’apaisement.

– Je sais, je vais respecter ma promesse. Laisse-moi seulement…

Je m’accroupis sur la rive du lac.

Il ne me renvoie aucun reflet. Ni le mien, ni celui de la Brume qui m’entoure. Me guette. Me presse.

Viens à moi ! rugit-elle.

Quel choix me reste-t-il pour lui échapper ?

À part, peut-être, plonger dans cette eau qui ne semble ni souillée, ni salie, qui paraît toujours intacte ? Je prends une profonde inspiration. Si je dois mourir, je préfère m'y noyer plutôt que d'être engloutie par la Brume.

Je me relève.

Viens !

– Jamais, je gronde.

Et je saute – ou plutôt je me laisse glisser dans l'onde.

L'espace d'un instant, je demeure à la surface et je me demande avec angoisse si mon plan va marcher. Privée de mon corps physique, est-ce possible que l'eau ne m'engloutisse pas ?

Une question qui trouve aussitôt réponse quand les flots se referment au-dessus de ma tête.

Pas avant qu'une exclamation de colère me vrille les tympans. La Brume va-t-elle me rattraper ou l'élément liquide est-il suffisant pour l'éloigner ? Je ferme les yeux. Quelle que soit la réponse, je ne tarderai pas à le savoir, de toute manière. Je me laisse dériver. Tout semble si paisible. Je me demande si c'est là ce que ressent Héra quand elle éveille sa magie. Un sourire naît sur mes lèvres.

Je ferme les yeux. J'attends la mort.

Qui ne vient pas.

Soudain, un courant me propulse en avant, vers le fond du lac. La lumière disparaît. La nuit tombe. Les ténèbres m'environnent. Bizarrement, je n'ai plus peur. Comme si je sentais confusément que j'étais arrivée au bout du voyage.

Je rouvre les paupières.

Le courant se fait plus fort, plus violent.

Des contacts fugaces me frôlent, me piquent aussi, éraflent ma peau. Où cela m'entraîne-t-il ?

Et soudain, au loin, j'aperçois de la lumière. Là-bas, quelque chose brille. Je m'en approche, portée par la force des flots.

Au fur et à mesure de ma progression, je me rends compte qu'il s'agit d'un dessin, taillé à même la pierre du mont.

Je l'ai déjà vu, je le connais... Des mains jointes, formant une coupe, semblant porter quelque chose dans leurs paumes ouvertes...

Ce symbole, il était sur le mur de l'Académie !

Il était gravé à côté des noms des prêtres et prêtresses, au même titre que les Vecteurs, les Flammes ou encore les Souffles d'air.

Le symbole d'une magie qui m'est encore inconnue.

Fascinée, je tends le bras. Mes doigts frôlent la pierre.

Et je la ressens – cette chaleur, ce picotement sur ma peau.

Cette magie est étrangère. Intacte, cependant.

Irradiant une force...

– Intissar ? Inti !

– Cligne des yeux si tu m'entends…
– Allez, encore un effort, tu ne vas pas nous lâcher maintenant…

Je me sens soudain projetée en arrière. Un fil me tire vers la surface. Les eaux s'agitent autour de moi. Mon regard ne quitte pas ce symbole. Des mains jointes en forme de coupe.
Qu'offrent-elles exactement ?

– Intissar !

Ma vision se brouille. Le bruit emplit mon crâne, la douleur me parcourt d'un bout à l'autre. J'ouvre la bouche pour crier, mais aucun son n'en sort.
Je sombre.

19

HÉRA

« L'esprit des hommes est ainsi fait que même à genoux, même défait, il ne renonce jamais à ses rêves de liberté. »

Citation anonyme, gravée au Sanctuaire (abandonné) d'Emaïl.

24 sabliers plus tard

– Non. Non, non, non !

Intissar m'oppose une mine butée.

– Héra, écoute-moi…

Je secoue la tête.

– C'est de la pure folie. Et je refuse d'en faire partie, d'accord ?

Sous mes pieds, le pont du *Nikê* tangue doucement. Nous avons embarqué à la hâte il y a à peine vingt-quatre sabliers, y transportant une Intissar inconsciente et grièvement blessée. Et à présent, à peine guérie, elle me propose de…

Je secoue la tête. Je me lève du siège rudimentaire, posé à côté de la couche où Inti est allongée. Elle tend la main vers moi, sans doute pour me retenir auprès d'elle. Cependant, elle a présumé de ses forces, comme le montre la grimace qui déforme soudain ses traits.

– Tu vois ! je m'exclame. Laisse-toi le temps de guérir. Et ensuite, nous pourrons aller jusqu'au mont Olympus.

Intissar pousse un profond soupir.

– Je ne pense pas que nous ayons ce temps devant nous. À moins que tu ne veuilles risquer d'autres victimes ?

Je serre la mâchoire, incapable de contrer sa logique. La situation est rendue encore plus exaspérante par le fait que le prêtre Souffleur se soit échappé. Profitant de la confusion générale, alors que les Sœurs de Feu, les prêtres et moi-même étions occupées à nous battre pour sauver la vie d'Intissar – il s'en est fallu de peu, d'ailleurs, heureusement qu'il y avait des Guérisseuses dans le lot ! – Dédale s'est éclipsé. Sa fuite serait passée inaperçue si l'un de ses anciens prisonniers n'avait pas vu une embarcation filant vers l'est à une vitesse extraordinaire.

Amani avait raison : il revient dans son repaire originel. Celui où il a vaincu les prêtres lancés à sa poursuite. Celui où il a assassiné mes parents.

Celui où, sans nul doute, il a formé cette idée de la vague de Brume.

Je frissonne encore en pensant à la gueule ouverte d'Agâshê. À cette jeune fille qui s'est volontairement sacrifiée. À la Brume la dévorant de l'intérieur. Je jette un coup d'œil circonspect à Intissar, qui me contemple, le visage grave. Nous avons soigné sa plaie du mieux que nous avons pu, arrêtant l'hémorragie. Les points de suture ont l'air de tenir. Un vrai miracle.

Et pourtant, je ne peux pas m'empêcher de songer à ce filet de Brume qui s'est propagé dans la blessure, à une vitesse inouïe, au point que nulle autre que moi ne l'a vu.

C'est la première fois que nous nous retrouvons seules depuis qu'Intissar a repris conscience.

– Héra, écoute-moi sans m'interrompre, d'accord ? Après, tu pourras refuser autant que tu veux et t'éloigner, je ne t'en empêcherai pas. Laisse-moi d'abord m'expliquer…

Un bruit de pas à l'extérieur nous fait sursauter de concert.

Maïlyne ne va pas tarder à m'expulser de la cabine de la malade si ma visite dure trop longtemps. Intissar a besoin de repos et de calme.

– Bon, très bien. (Je me rassieds.) Vas-y.

Elle me décoche un petit sourire, se disant certainement que je ne fais cela que pour qu'elle cesse de s'agiter. Puis elle redevient sérieuse.

– Quand j'étais inconsciente… la Brume m'a parlé. Elle voulait me dévorer vivante, m'emprisonner comme elle l'a fait avec la sacrifiée…

Je frémis et déglutis de manière audible.

Inconsciemment, mon regard se porte sur le bandage qui recouvre le côté droit d'Intissar.

– Et tu es parvenue à t'en sortir ?

– On peut dire ça.

Elle me raconte, à mots entrecoupés, son périple d'abord au sein de la ville que nous avons vue dans les souvenirs de ma mère, ensuite à l'Académie.

– Tout était détruit. La Brume grignote tout. Elle finira par nous ensevelir.

La certitude qui pointe dans sa voix réveille mon angoisse. J'ai soudain l'impression que tout ce que j'ai connu – le temple, l'aqueduc, l'*Argo* – tout est condamné d'avance. Comme si nous avions perdu la partie avant même d'avoir commencé à jouer. Intissar doit le lire sur mon visage, car elle hoche la tête.

– C'est ce que je pensais aussi. Et puis je me suis souvenue du mont Olympus. De l'olympite, le seul matériau au monde résistant à la Brume.

Il est visible qu'elle fatigue. Néanmoins, la détermination brille tellement dans son regard que je n'ose pas l'interrompre.

– Bien joué. Je ne sais pas si j'aurais été capable d'y songer !

– Je n'avais pas tellement le choix. En fait, j'ai même été obligée de plonger dans le lac pour échapper aux griffes de la Brume.

Je la contemple, bouche bée, alors qu'elle me relate sa plongée, le courant qui l'a entraînée jusqu'au fond et enfin…

– Tu te souviens de ce signe gravé sur le mur de l'Académie ? Celui des mains jointes, en forme de coupe ? Je l'ai retrouvé, sculpté à même la pierre !

– Intissar, ce n'était qu'une vision, d'accord ? Rien de tout ceci n'est peut-être vrai…

– Non ! Je sais ce que j'ai ressenti… Je l'ai touché.

Elle se penche vers moi.

– Une magie qui m'était totalement étrangère. J'ignore ce que c'est et en quoi elle consiste, mais elle est bel et bien active. Ce qui veut dire que des personnes l'ont entretenue, nourrie…

– Tu veux dire que des pratiquants d'une magie inconnue se sont… réfugiés au sein de la montagne ? Et qu'il existe une porte vers cet univers au fond du lac ?

Intissar ne prend pas garde à la note d'incrédulité se glissant dans ma voix.

– Exactement ! s'écrie-t-elle.

Je suis à deux doigts de lui dire que c'est impossible, qu'elle a dû rêver avant de brutalement m'interrompre. Depuis que je suis en compagnie d'Intissar, ma vision du monde s'est brutalement élargie. Moi qui pensais avoir des repères solides, je les ai trouvés bouleversés. D'abord quand la vague de Brume nous est tombée dessus, mais pas seulement. J'ai découvert de nouvelles manières de vivre, de nouvelles croyances aussi.

J'ai même pénétré dans le monde des esprits !

Alors, est-ce réellement aussi invraisemblable de croire que des magiciens aient pu établir leur repaire au sein de la montagne, à l'abri de la Brume ?

Un détail, dans ce que vient de me révéler Intissar, me revient en mémoire.

– Tu dis que, quand tu es tombée dans le lac, la Brume a cessé de te poursuivre ?

Elle hoche la tête.

– Je n'entendais même plus sa voix.

– Peut-être la magie t'a-t-elle protégée, je réfléchis tout haut. Pas la tienne bien entendu, mais celle que tu as perçue dans le sceau au fond du lac ?

Ses yeux s'illuminent.

– Ça veut dire que tu me crois ?

– Ne t'ai-je pas fait confiance depuis le début ? je réplique.

Intissar n'a pas le temps d'ajouter quoi que ce soit.

La porte de la cabine s'ouvre brusquement, laissant apparaître Maïlyne. La Sœur de Feu a une mine complètement défaite, je la soupçonne de ne pas avoir dormi depuis deux jours au moins. Néanmoins, son regard s'illumine quand il se pose sur Intissar.

– Comment te sens-tu ? lui demande-t-elle d'une voix douce que je ne lui ai jamais entendue jusqu'ici.

– J'ai connu mieux, admet Inti avec un petit sourire.

– Bien.

Maïlyne se tourne ensuite vers moi et déclare, à ma grande surprise :

– Héra, je te dois des excuses.

Le malaise qu'elle éprouve se voit dans chacun de ses gestes. Néanmoins, elle poursuit d'un ton ferme :

– Tu nous as sauvé la vie quand nous nous sommes retrouvées à la merci de ce prêtre. Sans votre intervention commune, nous aurions certainement été sacrifiées à ce monstre. Nous… Je te remercie au nom de mes Sœurs et de mes Frères et je t'offre l'asile pour aussi longtemps que tu le désires.

J'en reste bouche bée. C'est une offre des plus généreuses et, en d'autres circonstances, j'aurais accepté avec joie. Mon regard glisse vers Intissar.

Maïlyne surprend mon coup d'œil et s'empresse d'ajouter :

– Naturellement, Intissar, tu es de nouveau des nôtres.

Un silence inconfortable règne dans la cabine. Je fixe le bout de mes sandales de cuir, n'osant regarder ni l'une ni l'autre. Je me doute de la réponse d'Inti, mais ça ne veut pas dire qu'il lui soit facile de la formuler.

– Maïlyne, je te remercie et je sais qu'Héra aussi… Malheureusement, je vais devoir décliner ton offre.

La voix d'Inti se brise sur ces derniers mots. Je relève la tête. Maïlyne semble déconcertée, comme si elle ne croyait pas ce qu'elle vient d'entendre.

– Tu refuses ? demande-t-elle.

Intissar hoche la tête.

– Je ne peux pas revenir à Sophia. Pas maintenant, du moins. Je dois…

– Nous devons, je la corrige aussitôt.

Elle me remercie d'un sourire avant de reprendre :

– Nous devons nous rendre au mont Olympus.

– Olympus ? s'écrie Maïlyne. Pourquoi ? Et dans ton état ? C'est de la folie !

Je ne peux pas lui donner tort. Cependant, il s'avère que nous n'avons pas le choix.

– Nous devons en savoir davantage sur ce prêtre qui nous a attaqués. Je suis certaine qu'il s'agit de la même personne qui a lâché sur nous cette vague de Brume.

À ma grande surprise, au lieu de se mettre en colère ou de refuser de nous entendre, Maïlyne lâche :

– J'avoue me l'être demandé quand nous nous sommes retrouvés tous et toutes pris au piège de Scyll. Le sacrifice qui a eu lieu, cette Brume se transmettant du monstre à la victime…

Elle relève la tête. Un petit sourire se fait jour sur ses lèvres quand elle nous voit toutes les deux bouche bée.

– Je suis aussi capable de réfléchir, lance-t-elle avec une feinte indignation. Et de reconnaître mes erreurs.

Intissar, j'aurais dû t'écouter au lieu de te traiter comme une apprentie qui a encore besoin d'être dirigée. Dans cette affaire, tu as pris les bonnes décisions.

Inti demeure figée dans son lit, incrédule. Maïlyne n'en a cependant pas fini.

– Êtes-vous certaines que ce prêtre est le responsable de la vague de Brume ?

– Oui, affirmons-nous en chœur.

Je me demande l'espace d'un instant si Intissar va lui parler de sa vision, mais elle n'en pipe pas mot et je ne peux pas trahir sa confiance. Maïlyne hoche la tête.

– Bien. Dans ce cas, accepteriez-vous d'être accompagnées au mont Olympus ?

Quelques secondes s'écoulent. Ai-je bien compris ce qu'elle vient d'offrir ?

– Tu veux dire que… commence Inti.

– Tu ne penses quand même pas que je vais laisser ce fanatique s'en tirer à si bon compte ? l'interrompt Maïlyne, un sourcil levé.

– Tu ne veux pas retourner à Sophia comme prévu ?

– Mon idée était surtout de trouver des renforts et d'avertir les autres. Néanmoins, comme vous paraissez toutes deux décidées à ne pas attendre, nous partons avec vous, si vous êtes d'accord.

Le sourire qui éclaire le visage d'Intissar à ce moment vaut tous les « Oui » du monde.

20

HÉRA

« Nous connaissons les magies élémentaires et ses principales utilisations ; certains affirment qu'il n'en existe pas d'autres, que nos talents doivent se concentrer sur nos acquis et les développer au moyen de nos recherches. Néanmoins, chers confrères, permettez-moi de soulever une objection. Et s'il était possible de se servir de ce qui symbolise toutes nos craintes et nos angoisses pour l'avenir, à savoir la Brume elle-même ? Si, au lieu de nous tracasser sans fin sur la taille des réservoirs et l'état des conduites y menant, il nous était loisible de l'utiliser ? »

Thèse de prêtre-magicien par Dédalus Anaïkon, Souffleur – rejetée lors de son passage devant jury.

Douze sabliers plus tard

Au final, nous nous retrouvons avec une bonne vingtaine de volontaires, tous rassemblés sur le *Nikê*.

Sœurs de Feu et Prêtres de l'Eau se mêlent en une joyeuse cacophonie, sous le commandement de Maïlyne et d'Eskalès, un ancien collègue d'Amani. Une partie de moi-même n'en revient pas de voir des êtres aux magies aussi différentes collaborer et unir leurs efforts dans une quête commune. Si Ayrell et Ellène pouvaient voir ça, nul doute qu'elles n'en croiraient pas leurs yeux !

– Si t'arrêtais de rêvasser, hum ? me lance Intissar depuis l'autre bout de l'*Argo*.

Je lui tire la langue avant de me diriger vers le banc de rame.

En dépit de la proposition de Maïlyne de demeurer à bord du *Nikê*, nous sommes toujours sur l'*Argo*. Impossible pour moi qu'il demeure amarré à Scyll. J'ai déjà dû me séparer de Cerbère, hors de question de laisser ce bateau en arrière alors que c'est là le dernier objet qui me reste de Pylos.

Intissar a refusé également, restant à mes côtés. Une marque de soutien qui m'a touchée en plein cœur.

Je lui jette un coup d'œil. Les premiers rayons du soleil émergeant de la Brume colorent sa peau d'un reflet chaleureux, mais ils ne dissimulent en rien la grimace qui contracte ses traits à intervalles réguliers. Le fait qu'elle presse sa main constamment contre sa blessure m'inquiète aussi. Est-ce là une douleur normale ou est-elle due à la Brume ?

Il faudra que je lui en parle quand tout ceci sera terminé.

En attendant, cap vers l'est !

Je me mets à ramer, ma magie s'éveillant dès les premiers efforts.

Le *Nikê* se faufile dans notre sillage.

Un jour de navigation plus tard, et voilà, droit devant nous, le sommet du mont Olympus qui brille au soleil.

Une montagne solitaire – le seul relief dans cet horizon noyé de Brume. Peut-être le seul habité également. Car au cours de notre périple, quand nous avons croisé un Sanctuaire, ce dernier paraissait vidé de ses habitants. Je frémis en songeant aux fidèles rassemblés par Dédale sur Scyll, dans l'attente de leur sacrifice volontaire...

– J'ai l'impression que personne n'a jamais voyagé aussi loin... souffle Intissar.

– Je préfère éviter d'y penser ! je réplique en donnant les derniers coups de rame nécessaires pour parvenir auprès de la montagne.

Il n'y a plus de retour en arrière possible.

Naturellement, ici, aucun débarcadère, aucun ponton pour nous faciliter la tâche. Et encore moins de sentier, de pont de cordes ou autre moyen pour nous permettre d'arriver plus facilement au sommet. Rien que de la roche nue, dont la surface polie comme un miroir s'offre à nous. Il est impossible d'y grimper.

Pas sans magie, du moins.

Le *Nikê* vient se ranger aux côtés de l'*Argo*. Maïlyne jette un regard inquiet vers Intissar, plus pâle que jamais. Néanmoins, elle a la bonne idée de ne pas exprimer ses sentiments à voix haute.

– Allons-y ensemble, propose-t-elle en désignant le sommet de la montagne.

Je hoche la tête en m'assurant que mes Vecteurs, le mien et celui d'Amani, suspendus à mon cou, sont remplis à ras bord et que les capsules de Brume ont été vidées dans la jarre d'olympite.

– Prête ? me souffle Intissar, qui essaie de masquer la souffrance qu'elle doit éprouver à chacun de ses gestes.

– Allons débusquer ce Souffleur ! je réplique.

L'ascension se révèle extrêmement pénible, en dépit de l'aide fournie par nos deux magies. Intissar, en tête de cordée, paume illuminée par une boule d'énergie brillante, ne prend même plus la peine de dissimuler ses gémissements de douleur. Je ne compte plus le nombre de fois où je lui ai offert de prendre le relais, mais elle a refusé à chaque reprise.

Il ne nous reste plus d'autre choix que de grimper. Nous accrocher à des prises. Laisser la magie nous donner son impulsion. Et prier tous les dieux pour que nous n'atterrissions pas dans un nouveau piège.

Derrière nous, Maïlyne et Eskalès souffrent également, leurs efforts régulièrement ponctués d'ahanements. Mais personne parmi les volontaires ne renonce ou ne fait demi-tour. Je ressens une immense fierté à cette idée.

Quand nous franchissons enfin le rempart montagneux, nous sommes épuisées. Je m'écroule au sol, haletante, chacun de mes muscles demandant grâce. Intissar n'en mène pas plus large, effondrée à mes côtés.

– Ta vision a intérêt à se révéler correcte, je grogne, dès que j'ai pu récupérer un peu de souffle.

– Je l'espère aussi, chuchote-t-elle en retour, d'une voix qui me coupe net l'envie de plaisanter.

Après un long moment, je me redresse et inspecte les environs. Et ce qui me frappe d'emblée, c'est la beauté du lieu. Si j'en juge par les mines ébahies de certains volontaires, ils éprouvent la même chose.

Baigné par les lueurs du soleil déjà déclinant – je n'ose pas imaginer depuis combien de temps nous sommes parties ! – s'étend devant nous un tapis vert. Je n'ai jamais vu autant d'herbe. Rien à voir avec les petites touffes grises qui s'accrochent aux flancs des montagnes.

Je tends la main vers les brins brillants. Quelle sensation étrange ! Ça me chatouille la paume.

Un miroitement au loin attire soudain mon attention. Aussitôt, tous mes sens sont en alerte.

Une impulsion irrésistible nous pousse vers l'avant, et j'entraîne Intissar à ma suite. Je jette à peine un regard aux fleurs colorées que nous croisons de temps en temps – j'ignore leur parfum, aussi envoûtant soit-il. Le miroitement se fait de plus en plus distinct et soudain, je sais ce que j'ai sous les yeux.

Intissar lâche une exclamation étranglée.

– Par les dieux ! je murmure.

Je m'arrête, les jambes soudain coupées. J'ai envie de rire autant que de pleurer.

À quelques mètres de nous se trouve le lac du mont Olympus.

Un lac immense, gigantesque. Jamais je n'ai vu autant d'eau ! Bien sûr, je l'ai déjà aperçu grâce aux souvenirs de Mégare, mais c'est différent. Une eau pure, cristalline même, qui vient doucement lécher les pierres qui affleurent à la surface. J'en ai les larmes aux yeux. Je comprends enfin ce qu'Amani avait en tête quand elle a décidé de lancer le projet du second aqueduc. J'imagine cette eau se déverser dans le tunnel de pierre, cascader jusqu'aux Sanctuaires. J'imagine les mains se tendre vers elle, la porter à leurs bouches. J'imagine les sourires sur les bouches des enfants, des adultes. Les cris de joie. L'exaltation.

Les regards s'illuminer.

Quand je vois ça, il m'est impossible d'imaginer que nous nous trouvons dans un monde qui se meurt, dévoré morceau après morceau par la Brume. Il doit y avoir une solution, une issue…

J'entends un cri, rapidement étouffé, derrière nous.

Je perçois – trop tard – la vibration sous mes pieds. J'ai à peine le temps de me tourner vers Intissar, dont la main s'est posée d'instinct sur le sac de cuir à sa ceinture, que je me retrouve paralysée. Figée. Des liens invisibles viennent de me ligoter.

Je jette un regard en arrière, là où nous avons laissé les volontaires. Tous sont tenus à l'écart par une barrière invisible, du même type que celle qui a été érigée à Scyll. Je peux apercevoir Maïlyne taper du poing sur ce qui les retient prisonniers, bouche grande ouverte. Aucun son ne filtre cependant.

Je me traite soudain d'idiote. Comment ai-je pu être aussi stupide et oublier que nous sommes dans le repaire d'un Souffleur ? Un prêtre à la vitesse d'exécution hallucinante, d'ailleurs.

– Bienvenue chez moi.

Cette voix rocailleuse !

Et j'aperçois enfin, venant à notre rencontre, le prêtre de Scyll, le Souffleur d'Air.

Celui qui a leurré tous ces gens, qui les a sacrifiés sans aucun état d'âme.

Le meurtrier de ma mère.

Dédale.

Quand nous étions à Scyll, dans le feu de la bataille, je n'avais pas eu l'occasion de l'observer de près. L'homme ne se révèle pas impressionnant. Il est plus petit que moi, bien plus mince. Son teint est pâle, ses yeux sombres nous dévisagent tour à tour. La méfiance est inscrite sur son visage alors qu'il nous examine en silence.

– Des Prêtres de l'Eau alliés aux Sœurs de Feu…

Il ricane.

– Voilà qui est extraordinaire !

– Aussi inhabituel qu'un Souffleur déclenchant le Bouleversement ? je réplique.

Le coup a porté, je le vois directement. Il pâlit encore plus, si c'était possible. Il ne devait pas s'attendre à ce qu'on l'accuse de quelque chose dont personne n'est censé être au courant. Quand il reprend la parole, il parle d'une voix basse, suintante de menace :

– Vous n'auriez jamais dû dire une chose pareille. À présent, personne ne sortira vivant d'ici.

Un éclat de rire s'élève sur ma gauche. Je fixe Intissar, éberluée. Un peu admirative aussi.

– Comme si nous n'étions pas déjà condamnées rien qu'en pénétrant ici !

Elle tourne la tête de tous côtés.

– Aucun serpent cette fois-ci ? Pas de fidèles pour se sacrifier volontairement et créer une nouvelle vague de Brume ? Oh, mais c'est vrai, vous préférez leur promettre une vie éternelle plutôt que de leur avouer ce qui les attend !

Dédale la fixe sans mot dire, d'abord surpris, ensuite calculateur. Une expression qui me fait froid dans le dos.

– Vous êtes celle qui a essayé de tuer Agâshê. (Il s'approche d'un pas. Puis de deux.) Et qui a été blessée en retour. Mais comment avez-vous résisté à la Brume ?

Il lève la main et un filet de Brume l'entoure aussitôt. Mon cœur s'emballe alors que je reste médusée devant ce spectacle. Comment… ?

– Par quel miracle avez-vous conservé votre apparence ? Vous devriez être transformée, à l'heure qu'il est… Tout comme je l'ai été.

Sa silhouette se brouille. La répulsion me saisit. Ce qui se tient devant nous n'a plus rien d'humain. De la Brume à l'état pur, modelée en un corps d'homme qui se déforme sous nos yeux. Je me rends compte que j'avais tout faux : cet homme ne manipule pas la Brume, c'est la Brume qui tire les ficelles de cette marionnette à taille d'homme. Et c'est encore plus terrifiant. Intissar demeure muette, une expression horrifiée sur ses traits. Elle s'accentue encore quand Dédale restaure, d'un geste, son apparence antérieure.

– Je vois que vous ne savez pas tout sur mon compte ! triomphe-t-il, tel un gosse ayant réussi à leurrer ses parents.

Il pointe du doigt la blessure d'Inti.

– N'ayez crainte, cependant. Vous connaîtrez bientôt cet état… Même si vous avez réussi à résister à la Brume pour le moment, elle est en vous. Elle vous rattrapera tôt ou tard. Inutile de vous accrocher à votre humanité (il crache ce mot).

Je vois Intissar blêmir face à cette révélation. Je réagis d'instinct, autant pour la protéger que pour détourner l'attention de Dédale :

– Mais moi, je suis toujours vivante !

– Plus pour très longtemps, apprentie de l'eau. (Son expression se teinte de malice.) Les vôtres non plus, d'ailleurs, que ce soit ceux derrière moi ou ceux qui sont terrés dans votre temple. Dès que j'aurai rassemblé assez de Sacrifices, je lancerai une seconde attaque sur votre cher aqueduc. Aucun d'entre vous ne s'en sortira.

Je savais déjà qu'il était l'instigateur de la catastrophe qui nous a percutés de plein fouet, mais l'entendre confirmer de cette manière… Je me débats, de manière bien inutile, tout en grondant :

– Pourquoi ? Pourquoi maintenant ?

– Oh, vous ne l'avez pas deviné ? réplique Dédale avec un enthousiasme croissant.

Je devine sa jubilation à l'idée de mc faire part de ses plans. Qu'il le veuille ou non, le fait d'avoir un public autre que ceux qu'il a pu embobiner avec ses beaux discours doit le réjouir.

– Il y avait longtemps que j'avais l'aqueduc du lac Taho en tête comme cible, mais bien sûr, il m'a fallu patienter. La Brume ne s'apprivoise pas en un jour, et créer des êtres nouveaux n'est pas simple !

Son attention demeure focalisée sur moi. Et heureusement, d'ailleurs – Intissar semble incapable de réagir. Est-elle encore sous le choc de ce que Dédale vient de lui prédire la concernant ? Je serre les poings. On trouvera une solution, je refuse que quiconque finisse dévoré par la Brume, et surtout pas Intissar ! En attendant, il nous faut d'abord trouver un moyen pour vaincre Dédale.

– C'est toute une science que celle de la Brume, déclare-t-il d'un ton qui se fait rêveur, comme s'il se parlait à lui-même. Elle m'a tout appris. M'a transformé.

Sans nul doute, je songe.

– Et bientôt, vous la connaîtrez aussi intimement que moi ! proclame-t-il.

– C'est pour cette raison que vous avez créé les monstres ? Pour que nous puissions voir les bienfaits de la Brume ? demande Intissar. Vous avez eu raison, de vrais ambassadeurs de choix !

Le son de sa voix ainsi que l'ironie de ses mots me font du bien. Dédale ne semble pas aussi appréciateur, cependant.

– Ce sont mes enfants, réplique-t-il. Mes serviteurs. Dignes du dieu que je suis devenu.

Il lève les bras vers la montagne.

– Dédale, seul dieu encore vivant ! Le créateur du Bouleversement.

Plutôt le seul assez crédule pour avoir été manipulé par la Brume.

– Et vous pensiez, poursuit-il pointant un doigt accusateur vers nous deux, que vous pouviez envahir mon repaire avec votre projet d'aqueduc ? Mettre le pied sur ma montagne ? Voler mon eau ?

Il éclate d'un rire lugubre.

– Je vous réduirai tous en esclavage avant que cela n'arrive !

Oh, Amani, je songe. Elle qui désirait tant voir ce nouvel aqueduc être construit... Comment aurait-elle pu penser que c'était là une motivation suffisante pour qu'un esprit aussi dérangé que celui de Dédale se persuade de nous anéantir ?

Il avance vers moi, un rictus aux lèvres.

– Vous qui vous croyez toujours meilleurs que les autres, avec votre précieuse eau... Même après le Bouleversement, il a fallu que vous veniez me chercher jusqu'ici en clamant que j'avais des comptes à vous rendre !

La vision des prêtres – de Xylès et Mégare – étendus à terre, vaincus par ce lâche, ce traître, danse devant mes yeux. Je vois rouge.

– C'est pour ça que vous avez déclenché l'explosion du réservoir ? Parce que vous étiez jaloux de nous ?

Il éclate de rire.

– Jaloux ? Oh non. Même si j'avoue que vous couper de votre principale source d'approvisionnement grâce au Bouleversement m'a rempli de joie… Enfin, je n'avais plus à subir votre orgueil, votre fierté mal placée. Enfin, je ne devais plus vous rendre de compte comme à l'Académie, quand je vous ai demandé la permission d'expérimenter sur la Brume et que vous me l'avez refusée !

Voilà comment la Brume l'a contaminé.

Il bat des bras en un geste qui pourrait être risible en d'autres circonstances.

– La solution était simple, en fin de compte. Boum ! s'écrie-t-il.

Je le regarde, médusée. Ruiner des milliers de vies, un univers entier simplement pour satisfaire ses ambitions personnelles… Je n'arrive pas à y croire. Cet homme est fou. Et puis, je me souviens que ce n'est même plus un homme. Juste une créature de Brume, qui a pu garder toute sa magie par un moyen que je ne m'explique pas.

Il nous contemple tour à tour.

– Cette discussion m'a réjoui, mesdames… déclare-t-il comme si nous nous trouvions autour d'une table, à converser entre amis. Mais toutes les bonnes choses ont une fin !

Il me pointe du doigt.

– Comme vous me l'avez signifié, vous êtes encore humaine, contrairement à votre amie, qui ne sera bientôt plus que de la Brume à mon service. Vous ne voudriez pas l'abandonner à son triste sort, n'est-ce pas ?

Le filet de Brume l'entoure à nouveau, s'étend, se propage. Rampe jusqu'à moi. Chacun de mes poils se dresse sur ma peau. J'essaie de rompre le charme qui me retient prisonnière. En vain.

Intissar se débat.

– Lâche ! Traître ! Ne la touchez pas !

La Brume s'arrête brusquement. Dédale contemple Inti d'un air calculateur, avant qu'un sourire mauvais s'étale sur son visage.

– Oh non, je ne vais pas la toucher. *Toi*, tu vas le faire.

Inti pâlit brusquement.

– Mais oui ! Petite flamme qui se croit encore puissante alors que la Brume l'a déjà croquée…

Il part dans un grand éclat de rire, qui me glace le sang.

– Va donc serrer ton amie dans tes bras !

Il redevient brutalement sérieux.

– Ou sinon je mets un terme à vos souffrances. À toutes les deux.

D'un même geste, il libère Intissar de ses liens et dérobe sa provision d'Éclatante. Inti trébuche, privée d'équilibre. Toujours ligotée, clouée sur place, je n'en mène pas large. Dédale dit-il vrai ? Intissar peut-elle me contaminer d'un simple contact ? Je fouille ma mémoire, essayant de me souvenir si, depuis l'attaque de Scyll, nos peaux se sont frôlées.

Inti s'est tenue à l'écart. Et dire que je n'en avais même pas conscience…

Elle s'approche de moi. Un pas. Deux. Nos regards ne se lâchent pas. Le sien s'embue. Comme si elle me demandait déjà pardon de ce qu'elle est contrainte de faire.

Mon cœur bat à tout rompre dans ma poitrine.

Je n'arrive pas à y croire. C'est impossible, n'est-ce pas ?

Je n'entends même plus Dédale jubiler en arrière-fond.

Il ne reste plus qu'Intissar et moi.

Elle tend la main. La pose sur mon épaule. Au même moment, j'entends un son familier – celui de l'Éclatante qui s'embrase. – Que… ?

– Tu ne pensais quand même pas que je gardais tout dans un même sac ? Pas après que Maïlyne m'a confisqué ma réserve… J'ai retenu la leçon ! me souffle Intissar avec un clin d'œil avant de faire face à notre bourreau.

Elle le pointe du doigt.

– Réponds de tes crimes, à présent ! Réponds de tes crimes devant ceux et celles que tu as trahis !

Un grondement résonne soudain à mes oreilles. Je lève la tête vers le sommet du pic, mais ce n'est pas de là que provient le bruit.

Une vague de cris furieux, d'exclamations de colère, retentit dans la montagne, ricochant contre les pierres. Dédale blêmit avant de se dématérialiser. Pas assez vite cependant : les spectres convoqués par Intissar l'encerclent.

Au même moment, la barrière qui retenait prisonniers Maïlyne et les autres s'effondre dans un déluge de feu.

Les hurlements de Dédale se joignent aux plaintes des fantômes et aux cris des volontaires, qui fondent sur lui.

– Viens ! déclare soudain Intissar, dont la flamme disparaît. Il est temps de confirmer mon hypothèse.

Je jette un coup d'œil vers le lac.

La bataille fait rage dans notre dos, mais je n'y prête plus vraiment attention. Ce qui se dresse devant nous est un tout autre défi.

– Tu me fais confiance ? murmure Intissar.

– Toujours.

Nous plongeons dans les eaux glacées du lac.

Le froid me coupe le souffle. Je remonte d'instinct à la surface, haletante.

– Nous devons nous rendre au fond ! s'écrie Intissar, qui a émergé en même temps que moi.

– Comment ? Je n'ai jamais appris à nager !

– Et ça, tu comptes les utiliser quand ? réplique-t-elle, en pointant mes Vecteurs du doigt.

Bonne idée. Je me concentre, puisant dans mes ressources.

Une bulle azur nous entoure aussitôt.

Nous procurant de l'air et un moyen absolument parfait pour descendre jusqu'au fond du lac.

Nous sommes avalées dans les profondeurs. Je regarde les ténèbres nous submerger avec un mélange d'angoisse et d'excitation. Bientôt, nous ne voyons plus rien.

Je murmure :

– Pourvu que tu aies raison.

Inti ne dit rien. Je devine son appréhension à l'idée que sa vision n'ait été qu'une chimère, une illusion.

Notre bulle s'enfonce, toujours plus profondément. Je me mets à craindre que les tonnes d'eau au-dessus de nos têtes ne nous écrasent. Maintenir notre vaisseau improvisé me demande toujours plus d'efforts. Je me mets à haleter.

– Là ! s'exclame-t-elle.

La lumière est minuscule, à peine plus grosse qu'une tête d'épingle dans l'immensité obscure qui nous entoure. Comment Inti a-t-elle pu la repérer d'aussi loin ?

D'un geste, je dirige la bulle dans cette direction. Le symbole s'affine, devient plus précis à mesure que nous nous en approchons.

Deux mains jointes, en forme de coupe, et qui semblent tenir quelque chose dans la paume.

– Tu es sûre de toi ? je demande.

Intissar ne me répond pas.

Elle pose la main sur la surface rocheuse. Je l'imite. Et je constate aussitôt ce qu'elle voulait dire en déclarant qu'une magie bien vivante était à l'œuvre.

Des grondements sourds, une énergie qui se dégage en des ondes que je n'ai jusqu'ici jamais encore éprouvées...

Je n'ai pas le temps d'en découvrir davantage, cependant. La bulle se retrouve soudain entraînée par un courant d'une force incroyable. Je crie, j'essaie de résister. Peine perdue.

Explosion de lumière.

Puis tout devient noir.

ÉPILOGUE

INTISSAR

« Comment je vois l'avenir ? C'est bien simple – un verre d'eau pas trop croupie en main, un rayon de soleil sur mon visage, un baiser de ma femme sur ma joue. Et la Brume qui vient me prendre dans mon lit. »

Citation anonyme, gravée au Sanctuaire (abandonné) d'Emaïl.

Le froid me réveille. Le froid et l'humidité.

Je reprends doucement conscience. Je suis étendue sur le dos. Dans une… mare ?

Je me redresse. Peu de lumière autour de nous, et elle semble bizarre, suspendue au-dessus de nos têtes, mais je n'en ai cure.

– Héra !

Elle me permet d'y voir suffisamment pour distinguer mon amie, étendue elle aussi, inconsciente sur le bord du bassin rocheux où nous nous trouvons.

Je tapote ses joues, d'abord doucement, puis plus vivement, tout en répétant son prénom.

Elle finit par s'éveiller en un grognement et une effroyable grimace.

– Aoutch… Par les dieux, que s'est-il passé ?

Une bonne question. Je me rappelle la pierre luisant juste devant ma main. Et puis ce courant nous entraînant…

J'examine le lieu où nous nous trouvons.

On dirait bien…

– Je rêve ou on est à l'intérieur de la montagne ?

Je hoche la tête.

– Je crois, oui. Notre bulle a dû être aspirée.

La pénombre nous entoure. Seules quelques sources de lumière sont présentes. Je me relève, ignorant la douleur qui enflamme mes côtes, et m'approche de l'une d'elles. Elle n'est guère grande, à peine quelques pouces de longueur, et semble collée à la paroi de pierre. Alors que je tends ma main en sa direction, elle s'envole soudain, m'arrachant un cri.

– Quoi ? Qu'est-ce qu'il y a ? s'exclame Héra, paniquée.

– C'est… Une bête. Par la barbe d'Aïstos, je n'en ai jamais vu de pareille !

Et soudain, j'oublie que nous sommes trempées, enfermées dans un endroit inconnu. J'oublie ma blessure, la prédiction de Dédale concernant la Brume que je porte en moi.

J'oublie tout.

Sauf le fait que nous avons réussi. Nous sommes au cœur de la montagne ! Droit dans le repaire de...

Héra pousse soudain une plainte étranglée, je me tourne vers elle.

Des yeux viennent de s'allumer dans les ténèbres. Des dizaines d'yeux, qui n'ont rien d'humain.

Nous ne sommes pas seules.

REMERCIEMENTS

L'une des questions les plus courantes que l'on reçoit en tant qu'écrivain est « D'où tirez-vous votre inspiration ? » Dans le cas de *Terre de Brume* et de son univers, la réponse va être plus précise que d'ordinaire – puisque je l'ai abordé pour la première fois dans une nouvelle. Elle a été écrite dans le cadre d'un concours où l'on donnait aux auteurs et autrices candidat.e.s cette seule image comme contrainte : celle d'un gondolier naviguant non pas dans les canaux de Venise, mais bien en plein ciel !

J'ignore (malheureusement) d'où provient cette image. En tout cas, son effet a été immédiat : j'ai tout de suite entrevu, au lieu des nuages paisibles, une Brume toxique et mortifère… et voilà le périple onirique du gondolier transformé en quête de survie !

On me dira sans doute que j'ai visionné trop de films catastrophe (ce qui n'est pas faux). Néanmoins, quand on se tient au courant de notre actualité, et plus précisément des menaces pesant sur notre planète, on peut se demander si les scénarios nous envoyant dans des univers post-apocalyptiques sont réellement aussi tirés par les cheveux…

Pour revenir à ce roman, comme d'habitude, c'est une aventure qui est loin de s'être passée en solitaire ! Mes remerciements les plus vifs et les plus chaleureux à mes proches, naturellement, qui ne s'étonnent plus vraiment quand je leur parle titres et couvertures à table, et, en particulier, à mon soutien numéro un, ma chère Mutti, mon phare dans la Brume ;

Aux ladies en parapluie et en particulier à mon duo de bonnes fées qui s'est penché sur la première version de ce roman ;

À Roxane Edouard, qui mérite définitivement son costume de Super-Agente !

À la fine équipe des éditions Rageot pour recevoir *Terre de Brume* dans leur catalogue, pour l'accueil chaleureux, la direction éditoriale avisée et l'œil d'aigle lors des corrections ;

À Marie, pour la collaboration enthousiaste ;

Et finalement, à mes lecteurs et lectrices : que vous soyez bibliothécaires, documentalistes, professeur.e.s, bloggeurs et bloggeuses, booktubeurs et booktubeuses, que vous aimiez partager ou non votre avis… Merci d'être là.

Cindy Van Wilder

Traductrice de profession, Cindy Van Wilder aime relever des défis et explorer de nouveaux horizons littéraires. Après la féerie urbaine des *Outrepasseurs* (Gulf Stream), dont le premier tome a remporté le prix Imaginales Jeunesse 2014, et le roman d'anticipation avec *Memorex*, nominé pour le PIC (Prix Imaginales Collégiens) 2017, l'autrice belge s'est attaquée au récit contemporain avec *La Lune est à nous* (Scrinéo), paru en 2017. Avec *Terre de Brume*, Cindy Van Wilder signe son grand retour en fantasy.

RAGEOT s'engage pour l'environnement en réduisant l'empreinte carbone de ses livres. Celle de cet exemplaire est de :
700 g éq. CO_2
Rendez-vous sur www.rageot-durable.fr

PAPIER À BASE DE FIBRES CERTIFIÉES

Cet ouvrage a été composé par IGS-CP
à L'Isle-d'Espagnac (16)

Achevé d'imprimer en juillet 2018 sur les presses de Grafica Veneta,
Trebaseleghe, Italie
Dépôt légal : septembre 2018
N° d'édition : 5923-01